根据教育部新编语文教材要求编写

CLASSIC
LITERATURE

新课标必读彩绘系列丛书 外国经典

老人与海
永别了！武器

[美] 海明威/著　邓春莲/编译

海峡出版发行集团
福建人民出版社

图书在版编目(CIP)数据

永别了！武器；老人与海 / (美) 海明威(Hemingway,E.) 著；邓春莲编译.
—福州：福建人民出版社, 2013.7 (2017.8 重印)
(新课标必读彩绘系列丛书)
ISBN 978-7-211-06790-9
Ⅰ.①永… ②老… Ⅱ.①海… ②邓… Ⅲ.①长篇小
说—小说集—美国—现代—缩写 Ⅳ.①I712.45

中国版本图书馆CIP数据核字(2013)第171414号

永别了！武器；老人与海
YONGBIELE!WUQI;LAOREN YU HAI

作　　者：(美) 海明威(Hemingway,E.)　著　邓春莲 编译
责任编辑：陈 宽
出版发行：海峡出版发行集团
福建人民出版社　　**电　　话**：0591-87533169(发行部)
网　　址：http://www.fjpph.com　　**电子邮箱**：fjpph7211@126. com
地　　址：福州市东水路 76 号　　**邮政编码**：350001
印　　刷：福建建本文化产业股份有限公司
地　　址：福建省福州市仓山区则徐大道 368 号仓山工业小区 2 号楼一层
开　　本：700 毫米×1000 毫米　1/16
印　　张：11.5
字　　数：131 千字
版　　次：2013 年 10 月第 1 版
印　　次：2017 年 8 月第 2 次印刷
书　　号：ISBN 978-7-211-06790-9
定　　价：24.80 元

导读

欧内斯特·米勒尔·海明威是美国著名小说家，他出生于美国伊利诺伊州芝加哥市郊区的奥克帕克，他的代表作有《老人与海》《太阳照样升起》《永别了！武器》《丧钟为谁而鸣》等，凭借《老人与海》获得1953年普利策奖及1954年诺贝尔文学奖。海明威被誉为美利坚民族的精神丰碑，并且是“新闻体”小说的创始人，他一向以“文坛硬汉”著称。海明威的写作风格简洁精炼，对美国文学乃至20世纪世界文学的发展有极深远的影响。

《永别了！武器》是海明威的早期代表作，是一部自传色彩很浓的长篇小说，初稿写于1922年，手稿在巴黎不幸被小偷扒走，只好重新创作，于1929年出版。这篇小说以第一次世界大战为背景，主要内容是：美国青年弗雷德里克·亨利志愿到意大利北部战争地带担任军医，期间与英国护士凯瑟琳·巴克莱相识。亨利在前线执行任务时被炮弹炸伤，被送往后方的米兰医院就医。由于护士紧缺，凯瑟琳也来到了米兰，两人又一次相遇。亨利已经深深地爱上了凯瑟琳。在米兰就医期间，两人处于热恋之中，度过了一段美好的时光。这期间，凯瑟琳怀孕了。亨利伤愈后返回前线，发现意军士气大跌，处处充斥着失败与绝望的情绪。德国人的进攻，终于击垮了意军的抵抗，意军开始溃退，士兵们的情绪很激动，反战热情高涨。在一座桥前，意军前线宪兵部队开始逮捕所谓擅离职守的军官，无一例外地进行枪决，亨利不幸也在其中。亨利找准时机跳进河流，得以逃脱被处决的命运。他终于意识到，自己作为一名士兵的义务已经连同河水一起被冲走了。此时的他只有一个目的，那就是找到凯瑟琳。亨利找到凯瑟琳以后，两人再次幸福地相聚。可是，随后意大利警察的追捕，迫使他们不得不逃往瑞士。他们在瑞士度过了一段幸福的时光，但最终，凯瑟琳还是在难产中死去，留下亨利一人独自在外流亡。

这部小说显示了海明威在艺术上的成就。情景交融的环境描写、纯粹用动作和形象表现情绪、电文式的对话、简洁而真切的内心独白、简约洗练的文字以及经过锤炼的日常用语等等，构成了他独特的创作风格。它也因此而成了一部现代世界文学名著。

《永别了！武器》富有强烈的反战情绪。小说分成两部分，第一部分是告别战争；第二部分是告别爱情。小说先批判了战争，认为战争没有输赢，对人类都是灾难，有明显的厌战情绪。在爱情上，主人公亨利先是对女性抱着无所谓的态度，不相信真的爱情。但随着时间的推移，他真心地爱上了女护士凯瑟琳，而且两人彼此相爱，凯瑟琳还怀孕了。正当他们历经千辛万苦，准备迎接爱的结晶到来时，凯瑟琳却因为难产而死，最后失去了爱情。小说以悲剧收场，寓意着战争的无情，以及对战争的厌恶。同时，在作者笔下，凯瑟琳这个爱情的代码，被赋予了新的内涵：她温柔、善良、浪漫而勇敢。她怀了孕，还敢于冒着大风雨，连夜奔往瑞士；在难产的手术台上，还与死神搏斗了好几个小时；即使在极端疲倦和痛苦中，还能坚持安慰她的爱人亨利。她的形象使人难以忘怀，也象征着爱可能超越死亡。

《老人与海》是海明威晚年的完美之作。这部作品被评为影响历史的百部经典之一、美国历史上里程碑式的三十二本书之一。小说描写了老渔夫圣地亚哥在海上的捕鱼经历。老人制服大马林鱼后，在返航途中又同鲨鱼进行了惊险的搏斗。这是一场人与自然搏斗的惊心动魄的悲剧。老人每取得一点胜利都付出了惨重的代价，最后遭到无可挽救的失败。但是，从另外一种意义上说，他又是一个胜利者。因为，他不屈服于命运，无论在何种艰苦的环境里，他都凭着自己的勇气、毅力和智慧进行了奋勇的抗争。大马林鱼虽然没有保住，但他却捍卫了“人的灵魂的尊严”，显示了“一个人的能耐可以到达什么程度”，是一个胜利的失败者、一个失败的英雄。这样一个“硬汉”形象，正是典型的海明威式的小说人物。

《老人与海》一开始就设了两个悬念：老人一连八十四天一条鱼也没捉到，他准备第八十五天继续捕鱼，他很背运（孩子马诺林的父母这样看他），那么，他能否捕到一条大鱼？老人在感到他的力气可能不支的情况下，认为自己有信心有诀窍，认为像他这样一个“古怪”的老头子会做好一切，那么，他有什么样的信心和诀窍？他的“古怪”又表现在哪里呢？这是读者迫切想要知道的，这股巨大的吸引力牢牢牵着你去寻找你所想知道的一切，最后读完作品就会得到比较圆满的答案：老人第八十五天捕到了一条特大的鱼，虽然最后又失去了；他的信心就是战胜一切困难，取得最后的胜利；他的诀窍就是对付鱼的一切办法；他的“古怪”表现在他那坚毅不可战胜的倔强性格上，悬念随着情节的发展解开了，我们对作品的总体精神也得以了解，这就是悬念设置的艺术效果！

在叙述策略上，《老人与海》采取了纵式结构的方式，即在众多渔夫中，桑地亚哥选择了非常可爱的孩子马诺林做他的伙伴，选一系列情节的发展按自然的时空顺序安排在两天时间内进行，这样的剪裁实际上有许多东西并没有被真正剪裁掉，而是让读者自己去完成，达到“一石多鸟”的艺术效果，寓意深厚。

这部小说的篇章非常紧凑，前后只有四天。例如出海的前一天，以老人从海上归来为引子，让周围的人物一个个出场，交代了他们与老人之间的关系：一个热爱他，跟他在一起学习钓鱼的孩子马诺林；一对非常自私的父母；一群尊敬他，但永远不能理解他的打鱼人；一个关心他的酒店老板。老人就生活在这样的人物群体中，相比之下，他与众人有着明显的不同：他很乐观，心胸开阔，是个经验丰富、充满信心、勤劳勇敢、勇于冒险、热爱生活的纯朴的古巴渔民。这样集中的叙述，为接下来故事的展开，营造了线索清晰明了、中心集中突出、故事简洁明快的效果。事实也是这样，小说篇幅不长，但内容丰富生动，主题突出，特别是老人与大鲨鱼的搏斗，形象生动，象征寓意明显。老人是人类的化身，他与大海既有依存，又有斗争关系。他不仅从大海中获得生存资源、生存技巧，还从大海中获得朋友和对手。大海是他的生活和战斗的场所，也是他最后的归宿。

小说中的鲨鱼是恶势力的象征，它可能象征复仇女神，象征时间，或象征死神，等等。但海明威自己明确地说过："那可恶的鲨鱼……就好比所得税。我努力工作，碰上好运气，我得到一张数目可观的支票，于是所得税就像鲨鱼一样跟踪而来，用尖利的牙齿大块大块地咬着吃……"显然，海明威这里的鲨鱼是充斥于他所处世界中的各种盘剥行为的象征。

《老人与海》是海明威最优秀的作品，也是世界文学宝库中的珍品。

永别了！武器·老人与海

目录

永别了！武器

老人与海

“我的大部分工作是在我头脑里进行的。我开始创作前，一定要先把我的意念、思想理顺。我作品中的对话，在创作过程中，我常常亲自朗读几段；耳朵是良好的检查员。每一个句子都务必表达得一清二楚，人人明白，才能写于纸上。

“然而，我有时觉得我的风格，与其说是直接的，倒不如说是暗示的。读者往往得发挥想象力，才能抓住我的思想的最微妙的部分。”

——海明威

永别了！武器

人物简介

弗雷德里克·亨利：美国青年，第一次世界大战时志愿到意大利北部战争地带担任救护车驾驶员，期间与英国护士凯瑟琳·巴克莱相识并相爱。

凯瑟琳·巴克莱：英国护士，在第一次世界大战中与亨利认识并相爱。最后不幸死于难产。

雷那蒂：中尉，与亨利住在一起。有厌战情绪。

教士：经常与亨利在一起吃饭、聊天。厌战情绪明显。

佛格逊：英国护士，与凯瑟琳一起在医院工作。

盖琪：护士。亨利在米兰住院时的护士，对亨利照顾有加。

酒保：帮助亨利逃出追捕，逃亡瑞士。

第一章

那年晚夏，我们住在乡村。部队从乡村经过，激起了尘土。原本清澈的河水，原本快落的树叶，在一阵尘土飞扬后，河水变得浑浊起来，树叶也跟着飘落了。士兵的车开过后，路上白晃晃的，空空荡荡的，只剩下一地落叶。

离我们不远处的山峰间正在打仗。夜里能看到大炮的闪光，就像夏天的闪电一样。有时在黑暗中，我们能听得见部队从窗下走过的声响，还有摩托牵引车拖着大炮经过的响声。夜里非常繁忙，路上有许多驴子，它们驮着弹药箱，灰色的卡车里装满了士兵。白天也有用牵引车拖着走的重炮，长长的炮管用青翠的树枝遮住，牵引车本身也盖上青翠多叶的树枝和葡萄藤。这可能是掩蔽的需要吧。

朝北望去，只见山谷后边有一片栗树林，林子后边，在河的这一边，另有一座高山。那座山峰也有争夺战，不过不顺利。而当秋天一到，秋雨连绵，栗树上的叶子都掉了下来，就只剩下赤裸裸的树枝和树干了。葡萄园中的枝叶落得光秃秃的，一片秋意萧索的景象。河上罩雾，山间盘云，卡车在路上前进，溅起了泥浆。士兵的披肩淋湿了，身上净是烂泥。他们的来复枪也是湿的，每人身前的皮带上挂着两个灰皮子弹盒，里面装满一排排又长又窄的子弹，在披肩下高高突起。当他们在路上走过时，乍一看，还真有点像身怀六甲的妇人。

路上不时有灰色的小汽车疾驰而过，副驾驶员座上都有一位军官，车子的后座上还坐着几位军官。这些小汽车，因为开得更猛，溅泥泼水也比军用大卡车厉害得多。如果车子后座上有一个小个子，坐在两位将军中间，矮小得连脸都看不见，只看得见他的军帽顶和他那瘦小的背影，而且车子又开得特别快的话，那么那小个子可能就是国王。他住在意大利的乌迪内，几乎天天这样子来视察战况，无奈战况不佳。

冬季一开始，雨便下个不停，而霍乱也跟着雨来了。最后瘟疫得到了控制，部队里死了七千人。

第二年打了好几场胜仗。山谷后边那座高山和那个有栗树林的山坡已经被拿了下来，南边平原外的高原上也打了胜仗。于是我们八月渡河，驻扎在意奥边界的哥里察。这个小镇很好，我们驻扎的屋子也挺好。小镇后边是河，前边是高山，高山还由奥军占据着。这小镇打下来时打得漂亮。镇上照常有人居住，有医院和咖啡店，国王也会乘车经过这里。凡此种种，比起去年秋天的情况，真是好多了。

小镇外高山上的橡树林，现在已经没有了。我们初到小镇时，正值夏日，树木青翠，但是现在只剩下断桩残干了，地面上则给炮弹炸得坑坑洼洼。这一年秋末的一天，我正在原来有树林的地点徘徊，看见一块云朝山顶飞来。云块飞得很快，天空被它遮蔽住了，接着云块落在山上，落到了我们身上，那时候才知道原来是雪。雪在风中横飞斜落，掩盖了赤裸的大地。

后来我回到小镇，跟一个朋友在食堂里喝酒，望着窗外的大雪，我们知道今年的战事就这样结束了。河上游那些高山，并没有被攻打下来；河对面的峻岭，也一座都没有打下来。那都得等到明年再说。和我喝酒的那个朋友看见我们认识的那个教士小心地踏着雪，从街上走过，于是便敲敲窗子，引起教士的注意。教士抬起头来，看见是我们，笑了一笑。我的朋友招手叫他进来。他摇摇头，走了。那天夜晚，我们喝完酒回去，看到上尉、中尉、少校等已经在跟教士开玩笑取乐了。教士年纪轻，脸嫩容易红。没开几句玩笑，他就被弄得面红耳赤的了。

“教皇希望奥军打胜仗，”少校说，“他喜欢的是奥匈帝国的皇帝弗兰兹·约瑟夫。”

“你看过《黑猪猡》那本书吗？”中尉突然问我，“我给你看看，那书动摇了我的信仰。”“那是一部卑鄙龌龊的书，”教士说，“你不会当真喜欢它吧？”

“是部很有价值的书，”中尉说，“它把教士所有的黑幕都拆穿了。你一定喜欢它。我给你找一部来。”

“有思想的人都是无神论者，”少校说，“不过我也不相信什么救助会。”

“我可相信救助会，”中尉说，“那是个高尚的组织。”有人进来了，门打开时，我看见外面正在下雪。

“雪一下就不会再有进攻了。”我说。

“当然没有啦，”少校说，“你应当去休假玩一玩。你可以到罗马、那不勒斯、西西里去。”

“他应当去阿马斐，”中尉说，“我给你写个介绍信，去找我的家人。

他们一定会把你当亲儿子看待的。”

“我希望你去意大利的阿布鲁佐走走，顺便探望一下我在卡勃拉柯达的家属，”教士说，“那儿的雪比这儿还要大。”

“你应该立刻就休假。”少校说。

“我倒希望可以陪你一道去，做个向导，”中尉说，“回来时带台留声机来吧。还要带好的歌剧唱片。带卡鲁索的唱片。”

“不要他的。他乱叫乱嚷。”

“你巴不得能像他那么演唱吧？”

大家在一起东拉西扯，天南地北，不过倒也是排遣寂寞的好方式。

第二章

我回到前线的时候，原来所属的部队还驻扎在那小镇上。附近乡下，炮比从前多了好些。春天到了，田野绿了，路边的树木也吐了叶子，海风轻轻地吹拂着，感觉充满了生机。我在树荫的小巷里走着，全身给墙上反射过来的阳光晒得暖洋洋的。我们还住在那幢老房子里——这房子看起来跟我离开时没有多少区别。大门开着，有个士兵坐在外边长凳上晒太阳，门口停有一部救护车。我一踏进门，便闻到大理石地板和医院的气味。景物依旧，只是春天到了。

我和雷那蒂中尉合住的房间，窗子朝着院子。窗子正开着，我的床上也铺好了毯子，我的东西则挂在墙壁上，我的冬靴也被擦得亮光光的，搁在皮箱上。我那把狙击兵的步枪，则挂在两张床的中间。雷那蒂中尉正睡在他自己的床上。他听见我的声响便醒了，坐起身来。

“你好，”他说，“玩得怎么样啊？”

“好极了。”我们握握手，他抱住我的脖子吻我。

“你身上脏，”他说，“你该洗一洗。你到过什么地方，做了什么事？我都想知道。”

“我什么地方都去过。米兰、佛罗伦萨、罗马、那不勒斯、维拉·圣佐凡尼、墨西拿、塔奥米那……”我说出一大串。

“你是在背诵火车时间表吗？有没有什么艳遇？”

“有。”我就知道他会问这些。于是我跟他讲起了在米兰的艳遇——我在米兰见到了一个漂亮的姑娘，并且为她倾倒。

“不过没什么，现在我们这儿也来了几个漂亮的姑娘。”中尉自我安慰道。

“是吗？”我说。

“你不相信吗？我们今天下午就看看去。镇上还有美丽的英国姑娘。现在我爱上了巴克莱小姐，我带你去看看她。说不定我还要和她结婚呢。”中尉很自豪地说。

“我得洗漱一下去报到。难道现在谁也不工作吗？”我问。

“自从你走以后，没有怎么打仗，也就没有什么大病重伤的，都是些轻伤的，不要紧。不过，战斗下星期又要开始了。你觉得，我跟巴克莱小姐结婚行不行？婚期自然得在停战以后。”

“绝对行。”我说。

“那我现在得多睡一会儿，养好精神，等下去见巴克莱小姐。”雷那蒂兴奋地说。

我脱下制服和衬衫，用脸盆里的冷水抹身。我一边用毛巾抹擦身子，一边看着雷那蒂。他人长得很英俊，年龄跟我不相上下，是阿马斐人。他当军医觉得很开心。我们俩是好朋友。我望着他时，他睁开眼来。

“身上有钱吗？”

“有。”

“借我五十里拉吧。我得在巴克莱小姐面前装下阔佬。”

好吧。我给了他五十里拉，把他给乐坏了。

那天晚上在食堂里，我坐在教士的旁边。教士对我没到他的故乡阿布鲁佐去很失望。他说，他给他父亲写信，说我要去，他们也准备好了一切在等待我。我听了他的话，也很不好意思，确实不应该。我说，我本来是打算去的，后来一件接一件事，最终没去成，非常抱歉。他似乎看出我说的话是真诚的，于是就原谅我了。我喝了许多酒，过后又喝了咖啡和施特烈嘉甜酒。

我们俩谈话的时候，别人正在争辩，场面乱哄哄的。我们一停止谈话，上尉便嚷道："教士不开心，是不是因为没姑娘陪呀？"

"我开心呀。"教士说。

"教士不开心，是因为他希望奥地利打胜仗。"上尉又说。

"不对。"教士说。

"教士要我们永远不进攻。"其他人附和道。

"不是。既然是战争，我们总得有进攻吧。"教士说。

"总得进攻。要进攻！"其他人也跟着说。

教士点点头。接着，大家也渐渐散了。

早晨我给炮队的开炮声吵醒了。炮队开了两次炮，每开一次，窗户都震动得厉害。我从窗户往外看，一部卡车正在发动。我下楼往车棚走去，看到有十部车子并排停在里面。这些都是上重下轻、车头短短的救护车，漆成灰色，构造很像卡车。机师们正在修理一部车子。

"敌人向那炮队开炮吗？"我问一位机师。

"没开过，中尉先生。有那座小山的掩护。"

"这里的情形怎么样？"

"还好。这部车子不行，其他的都开得动。"他告诉我说，这车正在换钢环。

我跟他们聊了几句，就走到车棚里去看看。我把每一部车子都检查了一下，尤其细心检查了车胎，看看有没有裂痕或是给石头划破——一切都还好。这与我本人有没有在这儿看管车子，显然没多大的关系。本来我的职责就是要看管好车子，做车子的保养，处理好物资调配，还要从深山里的包扎站运回伤病员到医疗后送站，然后根据伤病员的病历卡，运送去医院。这些工作，我原本以为非我不能做，但现在我明白了，有没有我在并没有太大的关系。

“现在油库在什么地方？”我问机师。

“老地方。中尉先生。”

“好。”于是我放心地回到了屋子，接着又上食堂喝了一杯咖啡。我突然感觉鼻子里干燥得很，也许是天气热的原因吧。

总攻大概又要开始了。我听人家说，我们所属的那个师，将从河流上游某地点进攻，进攻部队将由上游狭窄处渡河，然后在山坡上扩大阵地。少校叫我负责进攻时的各救护车站工作。救护车站得尽量靠近河边，同时又要有天然的屏障。车站地点当然是由步兵选定的，不过实际筹划执行还得依靠我们。这样一来，我居然也有了布阵作战的感觉了。

我满身尘土，就回房间去洗漱了一下。雷那蒂一看到我，就邀请我陪他去见巴克莱小姐。我在他的动员下，梳洗了一下，准备跟着他走。

“等一等，”雷那蒂说，“还是先喝一点再去吧。”他打开箱子，拿出一瓶酒来。我们喝了两杯就感觉这酒非常烈。

“不能再喝了。”我说着，就拉雷那蒂一起下楼了。我们穿过街道，来到英国医院。英国医院设在一座德国人战前盖的大别墅里。巴克莱小姐和另外一位护士正在花园里。我们上前向两位护士行了礼。

“你好，”巴克莱小姐招呼我，“你不是意大利人吧？”

“不是。”我回答。

“那你怎么进了意大利军队？”

“也不是什么真正的军队。只是救护车队罢了。”我回答。

“不过我还是很奇怪，你为什么要这样做？”她继续问。

“我也不知道，”我说，“并不是每件事情都可以解释的。”

“无法解释？我的教养却告诉我应该是可以解释的。”

接着，我们就在那里相互顶嘴了。

“你手里那根东西是什么？”我突然问她，因为我见她手上拿着一根东西。

“这根东西的主人去年阵亡了。”

“非常抱歉，问得太冒昧了。”

“他是个很好的男人，本来要和我结婚的，但他在索姆河战役中牺牲了。这根东西是他母亲派人送给我的。”

“你们俩订婚了吗？”

“我们订婚八年了。我们是一块儿长大的。”

“你的头发真美。”我们俩坐在一条长凳上，我岔开了话题，盯着她看。

“喜欢吗？”

“非常喜欢。”

“他死后我本想一刀剪掉。”

“那何苦呢。”我安慰说。

“我当时想为他做点什么。可是我什么都没为他做。”

我们的谈话在继续，而雷那蒂也跟另一个护士也正谈得火热。

“她叫什么？”我看着那护士问巴克莱小姐。

“弗格逊。海伦·弗格逊。你的朋友是位医生吧？”

“是的。他人很好。”我说。

“那好极了。这么挨近前线，很难找到好人的。我们是挨近前线的吧？”她问。

“是。”

“这是一条胡闹的战线，”她说，“但风景很美。他们不是要发动总攻了吗？”

“是的。”

“那么我们就有事做了。这一阵一直没有事情。”

“你当护士好久了吧？”

“从 1915 年年底起。他一参军我就当护士了。记得当时有一个傻念头，想象有一天他会到我的医院来。我想象那是个刀伤，头上包着绷带，或是肩头中了枪，总之是个有趣的场面。可惜现实不是这样。”她说得有点动情了。接着我们走向了雷那蒂和弗格逊小姐他们，和他们再聊了几句，我和雷那蒂便离开了那里。

在回去途中，雷那蒂说：“我知道，巴克莱小姐更喜欢你，已经超过了我。那位苏格兰小姑娘可也很不错。”

“很不错。”我知道他说的是弗格逊小姐。其实连她的人长得怎么样我都没有留心。“你喜欢她吗？”我问。

“不。”雷那蒂说。

第二天下午，我又去拜访巴克莱小姐。她不在花园里，我在别墅里见到护士长。

“你就是那位参加意大利军队的美国人吧？”护士长问道。

“是的，小姐。”我说。

“你怎么会这么做？你为什么不参加我们的部队？”

“我不知道，”我说，“现在我还可以参加吗？”

“现在恐怕不行啦。告诉我，你为什么参加意大利军队？”

“当时我在意大利，”我说，“并且我会讲意大利语。”

“哦，我也在学。”她说，“你想见巴克莱小姐，晚上七点以后来吧。现在是战争时期，她需要工作，七点以后下班。不过来的时候可别带一大帮意大利人来。”

“好。”我和护士长道别。

“回头见，中尉。”她也跟我道别。

回来的路上，我到上游的普拉伐桥头堡附近看了看。总攻将从那儿开始。去年没法深入河的对岸，但是现在意军已经渡了河，占据了对岸敌人约有一英里半的地带。现在奥军在下游地带还保留有一座桥头堡。他们的战壕就挖在山坡上，距离意军阵地只有几码远。那儿本来有一个小镇，现在已成为一片瓦砾。只剩下一个残毁的火车站和一座被炸坏的铁路桥。

我沿着窄路开车朝河边驶去，把车子留在山下的包扎站里，步行走过那座浮桥，走进那些在废镇上和山坡边的战壕。人人都在掩蔽壕里。那儿搁着一排排的火箭，万一电话线被切断，这些火箭可以随时施放，以作为请求炮火支援的信号。那儿又静、又热、又脏。我隔着铁丝网望着奥军的阵地，一个人也看不见。我跟一位本来就认识的上尉在掩蔽壕里喝了一杯酒，就沿原路过桥回来。

有一条宽阔的新路正在修建，盘山而上，然后曲曲折折通向河上的桥。这条路一修好，总攻就要开始了。新路下山时穿过森林，下山的坡很陡。进攻部队可以充分利用这条新路；回程的空卡车、马车和载有伤员的救护车，则沿着那条狭窄的旧路回去。包扎站设在敌军那边河上的小山边，抬担架的人得把伤员抬过浮桥。

我沿着窄路开车回去的时候，两个宪兵拦住了车子。原来是有颗炮弹刚刚落下，接着又掉下来三颗炮弹。那些炮击像一阵急风，发出了震耳的爆裂和明亮的闪光。炮击之后，宪兵挥手叫我开走。我的车子经过炮弹掉下的地方时，能闻到一股强烈的炸药味。

晚饭我吃得很快，吃完后，就立马去找巴克莱小姐了。她正坐在花园里一条长椅上，弗格逊小姐也在。她们见到我，似乎很高兴，一会儿弗格逊小姐便借故走了。

“她人很好。她是个护士。”巴克莱对着弗格逊小姐离去的背影说。

“难道你不是吗？”我问。

“我不是。我是个所谓的志愿救护队队员。我们拼命工作，可是人家却不信任我们。”

“为什么不信任呢？”

“没有事情的时候，他们不信任我们；真正有事情要做的时候，他们就信任我们了。”

“这到底有什么区别？”

“护士就好比是医生，要经过长期的训练。可志愿救护队只是一种短期训练班。”

“原来如此。”

“意大利人不让女人这么挨近前线。所以我们在这儿，行为还得特别检点。我们不出门的。”

“那我倒可以进来。”

……

我们在黑暗中对看着。我心里想，她长得实在美丽，我抓住了她的手。并伸出手臂想去抱她。

“不要。”她说。

“为什么呢？”我在黑暗中想去吻她。她狠狠地给了我一巴掌。她的手打在我的鼻子和眼睛上。

“真对不起，”她说，“我就是受不了当护士被人调情这一套。”

“你打得对，”我说，“没有关系的。”

“可怜的家伙。”她软下心来说。

“你知道的，我一向过着一种奇怪的生活，连英语都不讲。而且你又长得这么漂亮。”我又开始花言巧语。

她笑了起来。这是我第一次看见她笑。“你真讨人喜欢。”她说。

“是吗？”

我一边看着她的眼睛，一边伸出胳臂去搂她，吻她。我狠狠地吻她，紧紧地搂着她。我很激动，但她竟扑在我肩上哭泣了起来。

“噢，亲爱的，”她说，“你要好好地待我，答应吗？”

我抚摸她的头发，拍拍她的肩头。她还在哭。

“你答应不答应？”她抬起头来望着我，“因为我们将要过一种奇异的生活。”

过了一会儿，我陪她走到别墅的门口，她走进去，我走回家。我回到我住的别墅，上楼走进房间。雷那蒂正躺在床上。他看一看我，说：“看来你和巴克莱小姐的关系有进展了？”

“我们只是朋友。”

“瞧你那副发情的狗似的好模样。”他似乎有点生气地说，“算了吧，再说下去你我就要损人了。”接着他大笑起来，“晚安。”

“晚安。”我把枕头扔过去，熄灭了他的蜡烛，在黑暗中上了床。

第三章

我上前线救护站忙了两天。回来时已经很晚了，所以到第三天晚上才去找巴克莱小姐。她不在花园里，我只好在医院办公室里等她下来。办公室的墙边上有许多油漆过的木柱子，上边摆着好些大理石的半身像。

我坐在一把椅子上，手里拿着帽子，等待凯瑟琳·巴克莱的到来。过了好一会儿，她来了。

“晚安，亨利先生。”她向我打招呼。

“你好！”我看到她很高兴。“在这儿坐坐呢，还是到花园去？”

“还是到外边去走走吧。外边凉快多了。”

我跟在她后边走进花园。我们走到铺沙的车道上时，她问：“你去哪儿了？”

“到救护站去了。”

“你难道不能捎张字条给我吗？”

“当时不方便。我以为当天就能回来。”

“你总得通知我一声啊，亲爱的。”

我们走下公路，在树荫里走着。我抓住她的手，问："有没有我们可以去的地方？"

"没有，"她说，"我们只好在这儿散步。你去了好久了。"

"去了三天。现在我不是回来了嘛。"

她望着我说："你是爱我的吧？"

"当然。"我说。

我们就这样边走边谈，过了一会儿，在一棵树底下停下来。我吻了她的脸，想不到她双眼都是闭着的。我想，她大概是有点疯癫吧。因为我知道我并不爱她，也没有任何爱她的念头。这是场游戏，就像打桥牌一般，不过是在玩牌。

我们坐在扁平的石制条凳上，我握着她的手。

"你很累吗？"她问。

"不会。"我说。

"我们演的这场戏糟透了，不是吗？"她低头看着地上的草说。

"什么戏？"我问。

"别装傻了。"

"我可是真心爱你啊。"我说。

"少撒谎了。今天晚上我已经演了一出小小的好戏，我现在受够了。你知道，我并没有神经病，也并不发疯。"

我紧紧握住她的手说："亲爱的凯瑟琳。"

"现在凯瑟琳这个名字听起来好滑稽。你叫这名字的声调怪怪的，不过你人不错。是个好孩子。你也不必再说你爱我了。这暂且算结束了。"她站起身，伸出手来，补充了一句："晚安。"

我们就这样匆匆道别了。当我回房正准备休息的时候，雷那蒂回来了。

“啊哈！”他说，“看情形不大妙啊，一脸苦相。”

“你上哪儿去了？”我问。

“玫瑰别墅。大家都唱了歌。你呢？”

“拜访英国人去了。”

“感谢上帝，我犯不着跟英国人纠缠在一起了。”

我们的谈话也匆匆结束了。

第二天下午，我从山中的救护站回来，把车子停在后送站门口，伤病员就在那儿按照各人的病历卡分门别类，送往不同的医院。那天天气异常炎热，道路上满是沙尘。路上有一个团的士兵走过，我看见他们热得汗水直淌。这些士兵是意大利南部的巴西利卡塔旅的。这些人开过好久后，还有些散兵跟了上来。他们满身灰尘，十分疲乏。掉队的人走完后，还来了一个士兵。他跛着脚走，接着在路边坐了下来。我下车走近他。

“怎么啦？”我问。

“该死的战争。”他也来气了。

“你的腿怎么啦？”

“不是腿的问题，是疝气发了。”

“那你为什么不坐运输车呢？”我问，“你为什么不上医院？”

“人家不让我这么做。中尉说我故意把疝带搞丢了。”

“我来摸摸看。”接着我帮他检查了一下，确实有毛病。我说：“坐下，等伤员的病历卡一弄好，我就带你上路，把你交给你们的医务官。”

“他会说是我故意搞丢的。”

“他们不能拿你怎么样，”我说，“这又不是伤。你这是老毛病。”

“我可不可以就留在这儿，中尉？”他说。

“不行啊，我没有你的病历卡。”我为难地说。

司机走出门来，带来了车上伤员们的病历卡。“四个到 105。两个上 132。”他说。这两家医院都在河的另一边。

“你开车吧。”我说。我扶着那个发疝气的士兵上了车，跟我坐在一起。

“你会讲英语吗？”他问。

“当然会。”

“你对这该死的战争怎么看？”

“糟透了。”

“真是糟透了。”

“你到过美国吗？”

“到过。在匹兹堡待过。我知道你是美国人。团里的上尉医官早知道我有疝病。我故意丢掉了那条该死的疝带，希望病情恶化一点就可以不必上前线了。”他终于说实话了。

“原来如此。”

“你没法子送我到别的地方去吗？”

“倘若更靠近前线的话，我可以送你上急救站。但是在这儿，你非有病历卡不可。”

“我如果往回走，人家就会给我动手术。等我病好了，就会叫我经常待在前线了。”

我听了他的话不知道说什么好。

“你也不想待在前线吧？”他问。

“是的。”

“上帝呀，难道这不是场该死的战争吗？”

“你还是下车吧，在路边想办法在头上撞出一个疙瘩，我的车子回来时就送你上医院。”我们把车停在路边，我扶他下了车。

“我就在这儿等，中尉。”他说。

“好。”我说。

我们的车子继续上路，沿着平原驶去，把伤员送交那两家医院。回去的时候由我开车，空车子开得快，当我再次见到那个发疝气的士兵时，他正被两个人抬上一辆救护马车。他所属的部队派人来接他回去了。他的额头在流血，鼻子也擦破了皮，流血的伤口和头发上都有尘土。

“中尉,你看这疙瘩！”他对我叫道,“没有用。他们赶回来找我了。”

我们回到别墅的时候已经是五点钟了，我到洗车子的地方洗了个澡。随后回房去打报告。我已经好久没写信回美国了，不知道如何写起。也许寄几张战区的明信片去就可以了。因为这些明信片到了美国一定管用，既新奇又神秘。于是我就这样做了。随后，我想了很多。我想，假如没有战争的话，我可以到西班牙去，也想去奥匈帝国。我想，等太阳下山了，我要去找凯瑟琳，希望能见到她。我还想，我跟她在一起喝咖啡，然后我们度过难忘的夜晚……

我和教士在食堂吃饭，我喝了一点酒，跟他谈起大主教爱尔兰的事，他似乎是位高尚的人物，他在美国受了冤枉。教士长篇大论地解释主教受迫害的原因，怎样遭到人家的误解，等等。大家听了教士的介绍后也都议论开了，其中少不了罗卡、巴克斯和雷那蒂的反驳。最后大家也是在一阵欢笑声中散去。

“我得走了。”我说。

“他有个约会。”雷那蒂说。

是的，我确实要去找凯瑟琳·巴克莱了。

雷那蒂跟我一道出来。我们在门外的小草地上站了一会儿，他说：“你喝醉了，还是别去了吧。”

“我没醉。”我说。

“你还是嚼一点咖啡再去吧。”

“胡说。”

“我给你找一点烘焙过的咖啡豆。嚼嚼这东西，不错。”

我们一同穿过市镇，我嘴里咀嚼着咖啡豆。到了直通英国别墅的车道口，雷那蒂向我道晚安。

“晚安，”我说，“你为什么不一同进去呢？”

他摇摇头。“不，”他说，“我喜欢简单一点的乐趣。”

“谢谢你的咖啡豆。”我和雷那蒂道别后，向车道上走去。车道两旁的松柏，轮廓十分鲜明。我回头望望，看见雷那蒂还站在那儿望着我，便向他招招手。

我来到别墅的会客厅里，等待凯瑟琳下来。有人沿着走廊走来。我站起身，但是来人不是凯瑟琳，是弗格逊小姐。

“你好，”她说，“凯瑟琳叫我对你说对不起，她今天晚上不能见你。她不太舒服。”

“请你转告她我很关心她。要不，我明天再来一趟行不行？”

“行。”

我没见着凯瑟琳，心里觉得有些空虚寂寞。我本来把来看她当作一件很随便的事，但现在见不到她，心里就觉得寂寞空虚了。

第四章

第二天下午，我们听说当天夜里将在河的上游发动进攻，我们得派四部救护车前往指定地点。关于进攻的事，大家什么都不知道——尽管人人提起这事的口气都极为肯定，胡乱搬弄战略知识。我乘第一部车子，经过英国医院大门口时，叫司机停一停。其余的车子也都跟着停下了。我下了车，叫后面三部车子继续朝前开，如果我们追不上，请他们在通向库孟斯的大路的交叉点等待。我匆匆跑上车道，走进会客厅，说要找巴克莱小姐。

勤务员帮我叫来了巴克莱小姐。我们聊了会儿，她送我个圣安东尼像，说这东西很灵验。然后我们就道别了。

我们的车子过了桥，不一会儿，就看见前面路上有三部救护车，黄尘滚滚，高高飞扬。我们追上并超过他们，拐上一条上山的路。我们的车子在挨着河的丘陵地带行驶，路越爬越高，北面的高山峻岭上，积雪还在。我回头看，那三部车子也在爬山。我们越过一大队驮着东西的驴子，赶驴子的在旁边走，原来是意大利狙击兵。

我们爬过一些小山，沿着一道山肩开进一个河谷。随后，我们又

开始爬山，山路陡峭，一会儿上，一会儿下，车队穿过栗树林，进入平地，沿着一个山脊而行。路上不时有部队、卡车和骡子经过。而当我们挨着路边往下开去时，我望见在下面很远处的那条河、那座古桥，还有对岸山脚下那小镇——那就是我们要抢夺的地点。

我们的车子驶上平原，拐上河边那条大路时，天已快黑了。

大路上有点拥挤，两边都有茎秆和草席编成的屏障。我们的车子在这草席搭成的隧道里慢慢地行走，一走出来，却是一块清除了草木的空地，那儿本来是个火车站。这儿的路比河岸还要低，路边的河岸上有不少洞穴，步兵们就待在那里边。我们把车子停在一个造砖场的外边。砖窑和深洞已改造为包扎站。那里有三个医生我认得。我找少校军医聊天，他告诉我进攻一开始，车子就装上伤员往后送，走的路线就是那条用草席遮蔽的路，然后再转到大路上，到达一个救护站，那儿另有车辆转送伤员。

我问他附近有没有大的掩蔽壕，可以安置司机们，他便派一名士兵领我去。那士兵领我到一个掩蔽壕，地方很不错。司机们很满意，我就把他们安顿在那儿。少校请我同另外两名军官一同喝酒。外面的天黑下来了。我问进攻什么时候开始，他们说天黑就发动。我回去找司机们。他们正坐在掩蔽壕里聊天，我一进去，他们就闷声不响了。

“什么时候吃饭，中尉？一进攻我们可就没机会吃饭啦。”司机们问我。

我回到少校的掩蔽壕，他说战地厨房就要来了，司机们可以来领饭食。于是我又去找司机们，告诉他们饭一来我就通知大家。司机马内拉说希望在炮攻前开饭，接着，他们又闷声不响了，一直到我出去了才又说起话来。他们都是机械师，憎恨战争。

“哪一支部队发动进攻？”贾武齐问。

“意大利狙击兵。”

“如果发动一次真正的进攻，这儿的军队是不够的。”

“那是虚张声势，真正的进攻可能不在这儿。”

“如果人人不愿出击，战争就会结束，”马内拉接着又说，“不过，我想，我们总得把这仗打完吧。如果只有单方面停止战争，那一定会更糟糕。”

“不会的，”帕西尼说，“没有比战争更糟糕的事情了。”

“战败会更糟糕。”

“我不相信，”帕西尼说，“战败有什么？回家就是了。”

“我也知道战争的坏处，不过总得把它打完吧。”

“打不完的。战争没有打完的。”帕西尼接着说，“战争不是靠打胜仗结束的。就算我们占领了圣迦伯烈山，那又怎么样？我们就是打下了卡索高原、蒙法尔科内和的里雅斯德，又怎么样？你看到那些遥远的山峰了吗？我们能把那些山都抢过来吗？不能。有一方必须先停战。我们为什么不先停呢？敌军倘若开进意大利来，他们一待腻就会走的。他们有他们自己的土地。”

他们在那里聊得起劲，似乎都忘记了吃饭。

“晚饭到了吗，中尉？”贾武齐问。

“我去看看。”我说。高迪尼也站起身，跟我走出去。

我们走到外面，天已经黑了，探照灯正在山峰间晃动着。正当我们在查看的时候，一颗炮弹飞来，在砖场上爆炸了。接着又是一声爆炸，砖头和泥土像雨一般往下落。

晚饭也被这突如其来的炮击打断了。

“你们最好别出去。”少校说。

接着，外边有人抬了一个伤员进来。少校拿起一把钳子，钳子上夹着一块纱布。两位上尉级军医各自脱掉了外衣。“你们出去吧。”少校对抬担架的两人说。

“走吧，”我对高迪尼说。

“你们还是等炮击停下了再走吧。”少校掉过头来对我说。

“他们要吃东西了。”我说。

“那随你便。”

一到外边，我们冲过砖场。一颗炮弹在河岸附近爆炸了，接着又是一颗。我们又听见一阵弹片的呼啸声和砖石的掉落声。高迪尼跳起身朝掩蔽壕跑去。我跟在后边，手里拿着干酪，干酪的表皮上已蒙上了砖灰。

“来了，各位。”我说。

“车子怎么样？”马内拉问。

“没事。”

我拿出小刀，切掉干酪肮脏的表皮。贾武齐把那盆通心粉递给我。“你先吃，中尉。”

“不，”我说，“放在地上，大家一起吃。”

我们一起坐着吃了起来。我刚尝了一点干酪，用酒漱漱口，突然大地震动了一下。

“不是四二零大炮便是迫击炮。”贾武齐说。

“高山上怎么会有四二零呢？”我说。

“可能是斯科达大炮。我见过那种炮弹炸开的大坑。”

接着又是一阵震撼大地的爆炸声。

“这是一门巨型迫击炮。”我说。

就在我们吃东西的过程中，炮声不断，最可怕的事发生了——一颗炮弹在我们身边炸开了。帕西尼的腿被弹片击中。有一条腿全没了，另一条腿勉强连着，他的残肢在抖着扭着，仿佛已经脱节了。他拼命地叫喊起来。

“担架兵！”我缓过神来，大声喊道：“担架兵！”我想靠近帕西尼，给他腿上缚上一条带子来止血，但是我无法动弹。我又试了一次，我坐到了他旁边，解开我的制服，想把我的衬衫撕下来，但撕不动，我只好用嘴咬住布的边沿来撕。当我正努力为他弄条止血带的时候，我发现已经没必要了，因为他已经死了。

我坐直了身子，我这时才发觉我的双腿又暖又湿，我受了伤。我俯下身子去摸摸膝盖，发现膝盖没了。我用手伸进去，才发觉膝盖原来在小腿上。我在衬衫上擦擦手，心里害怕极了。上帝啊，救救我吧，让我离开这里吧！现在我们还剩下三个司机。本来一共是四个，帕西尼死了。剩下了三个。有人从肋下抱起我来，又有一个人抬起了我的双腿。

“我是马内拉。我们出去找担架，找不着。你可好，中尉？”

“高迪尼和贾武齐在哪儿？”

“高迪尼在急救站接受包扎，贾武齐正抬着你的腿。中尉，你伤得很厉害吗？”

“在腿上。高迪尼怎么啦？”

“他没事，他受了点伤。”

我被送到了急救站。在急救站外，许多伤员都躺在黑暗中的地面上。我看见里边有灯光。死去的都摆在一边。军医们把袖子卷得高高的，一身是血，像屠夫一般。担架不够用。伤员中除了少数在号叫外，大多默然无声。

一个英国医生走过来问我："你伤得厉害吗？"

"腿上受了伤。"

"他们告诉我说你有两名司机不中用了。"

"是的。一个死了，一个受伤了。"

"我以前见过你。他们说你是美国人。"

"对。"

接着，我被抬进了包扎站。

"他是美国大使的独生子。我把他放在这儿，等你们一有空就医治他。治好就随我的第一批伤员运回去。"那个英国人接着用意大利语跟我说："我现在找他们的副官去，先填好你的病历卡，省得耽误时间。"

"美国中尉由我来。"一名上尉军医接着问："什么东西打中你的？"

"一颗迫击炮弹。"我说。

上尉一边在我伤口上动手术，割开肌肉组织，一边问道："你有把握吗？"

我极力安静地躺着，肉一被割下，就感觉胃也跟着颤抖了起来。

"我在伤口处涂上些药，会有些疼，不过比起将来的疼痛，可算不了什么。真正的疼痛还没开始哪。"说完，他开始为我包扎伤口。再接着，我被抬了出来，送上救护车。

救护车在路上开得很慢，突然，我觉得有什么东西滴在我身上。我向司机嚷叫起来。他停住车，从车座后那个窗洞看进来。

"我上边那张担架上的人在流血。"我说。

“我们离山顶不远了。我一个人没法抬出那张担架。”他又开车了。血流个不停。过了一会儿，上边担架上的流血缓和下来，我想，他是不是死了。到了山顶的救护站后，有人抬出那张担架，另外抬了一张放进来，于是我们又继续赶路了。

第五章

野战医院的病房里，有人告诉我说，当天下午有人要来探望我。那人就是雷那蒂。他匆匆跑过来，到床边弯下腰来吻我。

“你觉得怎么样？我给你带来了这个。”那是一瓶科涅克白兰地。护理员端来一把椅子，他坐下了。“还有一个好消息：你要受勋了。他们要保荐你得银质勋章，不过也许只弄得到铜的。因为你受了重伤。他们说，只要你能证明你曾做了什么英勇的事，银质勋章就不成问题；不然，你只好拿铜的。你把实际的经过告诉我。你做了什么英勇的事没有？”

“没有，”我说，“我被炸伤的时候，我们正在吃干酪。”

“别开玩笑。受伤的前后，你一定做过什么英勇的事。你仔细想想看。”

“我没做什么呀。”

“这没关系。只要看你这样受了重伤，只要看你平日是真勇敢，老是请求上第一线，况且这次进攻又很顺利。”

“他们顺利渡河了没有？”

“太顺利了。俘获的战俘差不多有一千名。”接着他又回到了奖章这个话题上，“你把经过的情形告诉我。我相信你一定可以搞到银质勋章的。也许你还可以得到一枚英国勋章。那儿有个英国人。我去问问他，看他愿不愿意推荐你。他总可以想个法子的。你吃了很多苦吧？”他喋喋不休地继续说，“急救站那个少校根本就是个杀猪的。要是我来动手的话，准保你不吃苦头。……原谅我说了这么多话，乖乖。我是因为看见你受了重伤，心中未免激动。喂，喝这个。酒是好的，五颗星的。我从这里出去，就去找那个英国人，他会给你弄枚英国勋章的。”

“人家可不会这么随便给的。”

“你实在太谦虚了。我找那位联络官去，由他去对付那个英国人。”

“你见过巴克莱小姐没有？”

“我给你带来。我现在就去带她来。”

“别急，”我说，“我们先聊聊。”我们越聊，雷那蒂越伤感，他说我现在受伤了，晚上睡觉他都没人可以开玩笑了，也没人可以借钞票了。

“乖乖。笑一笑。喝一杯。我真的得走了。我把那英国姑娘给你弄来。再会，乖乖。”他把这瓶白兰地留在床底下，就走了。

傍晚，教士来了。他给我带来了一捆英文报纸，聊了一阵子，然后他也回去了。

我那病房很长，右手边是一排窗，尽头处有一道门通往包扎室。那道门里时常有尸体抬出。

一天早晨，负责病房的少校问我，明天能否上路。我说行。他说，他明天清早就把我送出去，因为上路要趁早，否则天气太热了。

他们急于送我到米兰去，因为米兰的X光设备比较好，而且等我手术后，可以在那儿接受理疗。我自己也想到米兰去。他们打算把我们都送到后方去，送得越远越好，因为总攻击一开始，这儿的病床肯定是不够用的。

离开野战医院的前夕，雷那蒂带着另一个我熟悉的少校来看我。他们说我将进米兰一所新设立的美国医院。有几支美国救护车队将调派到意大利来，这所医院将照应他们和其他在意大利服役的美国人。美国已经对德国宣战，只是还没对奥匈帝国宣战。但意大利人相信美国一定会对奥匈帝国宣战的。

第二天，我们一早就动身了，四十八小时后抵达米兰。路上很不舒服。他们在货车场上卸下我们。一辆救护车送我到美国医院去。我躺在救护车里的一个担架上，无从知道车子经过的是城里的哪一个区。当他们在电梯口抬下担架，电梯太小，我们在里面挤作一团，我的腿因为弯着，痛得很厉害。电梯到了后，我们来到一处门房前，敲门找人。一个老护士走了过来。

“请给他安排一个房间。”送我的人说道。

“我不知道怎么安置他，因为我们这儿还不收病人。我不能在随便哪个房间里安置你。”她说。

“看在上帝的分上，快给我个房间吧。”我说，“我的腿因为蜷曲着，疼得厉害，已经痛入骨髓了。”

随后，那名护士把我们领到了一个空房间，他们把我放在了床上。

“我可没法铺被单，”老护士说，“被单都给锁起来了。”

我没有回答这个问题，只是问她：“你贵姓？”

“华克太太。”

“你可以走了，华克太太。我现在想睡一会儿。”

现在这里只剩下我一个人了。房间里很凉爽，没有医院里那种气味。床垫稳固、舒服，我平静地躺着，腿痛减轻一点了，觉得很高兴。过了一会儿，我想喝水，发现床边垂有一条按电铃的电线，便按按铃，但是没有人来。我就睡过去了。

醒来时我打量了一下四周，阳光从百叶窗外漏进来。我又伸手按铃，来了一位年轻漂亮的护士。“谁也不知道有病人要来。你得了什么病啊？”她问。

“我受了伤。腿上、脚上，还有头上。”

“你叫什么名字？”

“亨利。弗雷德里克·亨利。”

“我给你洗一洗身子。你的伤口我们不敢动，得等医生来。”她说。

“这儿的主管是谁？”

“范坎本女士。”

“巴克莱小姐在这里吗？”

“这里没有这个人。”

“你们这里一共有多少名护士？”

“只有华克太太和我。”

我们边清洗，边聊着。我知道了她的名字叫盖琪，住院医生去了科莫湖。

傍晚，医院负责人范坎本女士来看我。她不喜欢我，我也不喜欢她。她个子小，麻利但多疑，当医院监督未免委屈了她。她盘问了我许多话，听她口气好像我参加意大利军队是一桩丢脸的事。

我无意跟她争辩什么，自己也疲倦了，想好好休息，所以吃了点饭，就睡去了。

我醒来时，房间里阳光明亮。我以为又回到了前线，所以在床上把身子伸了伸，想不到感到双腿疼痛，低头一看，看到双腿还包扎着肮脏的绷带，才想起自己身在何处。我伸手抓住电线按电铃，盖琪小姐进来了。在明亮的阳光下，她显得有点老气，而且也不怎么好看了。

“可以帮我叫个理发师来吗？”我问。

“前面我来看你，你正抱着酒瓶熟睡在床上。单独一人喝酒不好，以后别这么做了。”她岔开话题跟我说，“你上次问的那个护士——巴克莱小姐来了。”

“真的？”

“真的。但我不喜欢她。”

“你会喜欢她的。她人非常好。”

她摇摇头。“她当然是好的。你往这一边挪一挪行不行？好了。我给你洗一洗，准备吃早点。”她拿了块布和肥皂，用温水给我擦洗。“你把肩膀抬起来，”她说，“这样行啦。”

“早饭前叫理发师来行不行？”

“我给你找门房叫去。”她走了出去。

过了一阵子，理发师跟着门房进来了。他约五十岁，留着向上翘的小胡子，一脸严肃。

“怎么啦？有什么消息没有？”我问。

“什么消息？我是意大利人。我不和敌人通信息。”

我觉得莫名其妙，他是不是疯子呢？我的脸还是早一点离开他的剃刀为好。

有一次，他给我修脸，修完我要付钱给他。他不要，却说了句：“我不收。我没有上前线。但是我还是意大利人。”

我把他打发走后，叫来门房，问到底怎么回事。“长官，对不起，他搞错了，他以为你是个奥匈军官。”门房解释说。

原来是这样呀。门房说完，走了出去。接着，凯瑟琳·巴克莱走进了房间，来到了我的床边。

“你好，亲爱的。”她说。她看上去又清新又年轻，十分美丽。

“你好。”我一看到她，就爱上了她。心里神魂颠倒。她在床沿坐了下来，弯下腰来吻了我。

“你真的爱我吗？”她问。

“我真的爱你。我为你发疯了。”我说。

我们就这样聊着。我本来不想爱什么人，但现在却爱上她了，我感到非常愉快幸福。

跟凯瑟琳聊了好长一段时间，最后她要离开了。接着盖琪小姐来了。“医生今天下午就到。”她说。

第六章

医生给我看了伤口，还让我到马焦莱医院拍了X光片。当天下午，凯瑟琳拿X光片给我看："那是你的右腿，这是你的左腿。"她指给我看。随后她走了。接着住院医生领来了另外两位医生。

一看这两人，我就不是很喜欢，我觉得他们是属于那种没事找事干的医生，动不动就喜欢找些人来会诊的那种。他们看了一会儿片子后说，弹片还没有结成胞囊，无法动手术，要等六个月让弹片结成胞囊，膝头动手术才安全。

我说我不相信。

"年轻人，难道你不要膝头了吗？"

"不要了，截掉算了。"

"你是什么意思？"其中一个医生问。

"他在开玩笑的，"住院医生说。他轻轻拍拍我的肩膀。"他当然是要膝头的。这是个很勇敢的青年，已经提名给他银质勋章了。"

"恭喜恭喜，"一个上尉医生说，"为了安全起见，像这样一个膝头，你至少得等待六个月才能动手术。当然你也可以另请高明。"

说完，他看看他的表，走了。

住院医生也跟着走了出去。我实在不明白，就让盖琪小姐去把住院医生叫来。

“你想见我吗？”住院医生问。

“是的。我不能等待六个月再动手术。医生，你曾在床上躺过六个月吗？”

“那倒不一定是全部时间都躺在床上。你那些伤得先晒晒太阳，以后你可以拄着拐杖。必须让那些异物有时间结成胞囊，还有关节滑液得重新形成，到那时开膝头才安全。”

“那上尉是谁？”

“他是米兰非常杰出的外科医生。”

“我想请马焦莱医院的外科医生瓦伦蒂尼来看看，行吗？”我问。

“当然行。”他说，“我知道，要躺上六个月太难受了。”

两小时后，瓦伦蒂尼医生进病房来了。他是名少校，脸孔晒得黑黑的，他很爱笑。

“你怎么受了这个伤？片子给我看看。”于是他边说话边看起了片子。

“照你看，什么时候可以开刀？”我问。

“明天早上。你的肠胃得先洗干净，你得先灌肠。所有的手续我会叫楼下那位老太太做的。”就这样，我的手术安排从要等待六个月缩短到等待不足一天。

手术后我醒过来，发现盖琪小姐在我身边。

“现在觉得怎么样？”她问。

“还好。”我说。

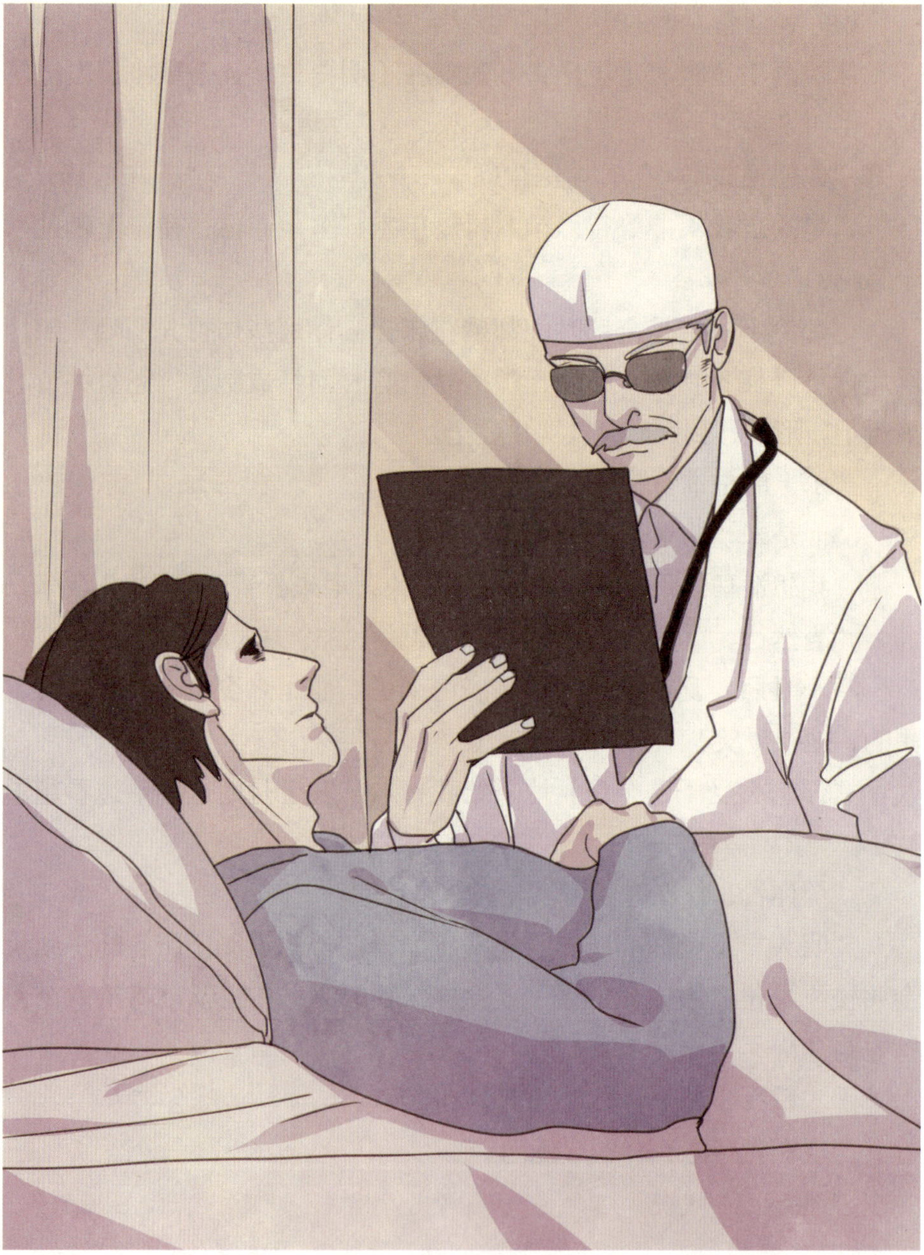

“你膝头上动了一次奇妙的手术。”

“用了多长时间？”

“两个半小时。”

我们聊了会儿，她走了。现在医院里多了三个病号，护士们忙多了。这三个病号，一个是红十字会的瘦青年，他患的是疟疾；第二个是纽约州人，患疟疾和黄疸病；还有一个是被雷管炸伤的青年。

护士们很喜欢凯瑟琳，因为她肯天天值夜班。凯瑟琳为了能跟我在一起，就天天值夜班。晚上，她除了必要的工作外，都跟我待在一起了。我很爱她，她也爱我。我白天睡觉，我们醒时互通信札，请弗格逊做送信人。弗格逊是个好人，她待凯瑟琳非常好。

“我们举行婚礼时你来不来，弗格逊？”有一次我问她。

“你们永远不会结婚的。”

“为什么呢？”

“结婚前就会闹翻。”

“我们从来不吵架。”

“那你别给她惹出事来。”

“我不会给她惹事的。”我说。

“那就好。”她用手指摸摸我的头顶说，“你的头难受吗？”

“不怎么难受。”我说。

“你头上这样一个肿块，可能把你弄得神经错乱。从来不觉得疼吗？”

“不觉得。”

“你真是个运气好的青年。你写好信了没有？我要下楼去啦。”

“就在这儿。”我说。

“你应当叫她暂时停止上夜班，她越来越疲乏了。”

“好的。我跟她说。”

她揣着字条走了出去。我拉了一下床头铃，过了一会儿盖琪小姐进来了。

“巴克莱小姐应该暂时停止上夜班，她那模样十分疲乏。为什么老是让她上夜班呢？”我开门见山地说。

盖琪小姐睁大眼睛望着我。“我是你们的朋友，”她说，“她不就是为了晚上跟你在一起吗？你还来问我。”

我说，我希望她暂时休息一下。盖琪小姐说没问题。

于是，凯瑟琳有三个夜晚没值夜班，到第四天夜里她又回来了。当时的心情，就好比是各自做了长途旅行后的重逢。

那年夏天我和凯瑟琳过得幸福快乐。等我可以走动了，我们便在公园里坐马车玩。我时常拄着拐杖和她去意大利大饭店吃饭。侍者乔治待我们也特别亲切，他经常给我们点菜，还给我们推荐草莓酒。有天晚上，我身边的钱不够，乔治还借给我一百里拉。“没关系，中尉，”他说，“手头偶尔不方便总是难免的。倘若先生或者小姐有需要，尽管说一声就是了。”

饭后我们穿过拱廊散步，过了许久才回到医院。我跟往常一样去了自己的房间，凯瑟琳则回到她的岗位忙她的工作。等工作做完，病人都睡着后，她就悄悄溜到我房间。夜间，我们感觉很幸福。

我打算和她结婚。但凯瑟琳说，如果我们结婚的话，人家就会把她调走。只要我们开始办理手续，人家就会注意她，把我们拆散的。是有点左右为难。有一天夜里我们又谈起这件事。

“亲爱的，他们肯定会把我调走的。”她说，“他们会打发我回国，这样我们得等到战后才能见面。”

“休假期间我可以去找你。”

“休假时间那么短，你怎么可以往苏格兰跑个来回？况且，我不愿离开你。”

“我们可不可以想个办法私下结婚？万一我有意外，或者你有了小孩，就不妨了。”

“要结婚只能通过教会或是政府。我们其实已经私下结婚了。”

“好吧。你哪一天说要结婚，我们就结婚。”我说。

“亲爱的，听你的口气，好像非要跟我正式结婚不可，以便保全我的体面。我是个非常体面的女人。随便什么事情，只要你觉得幸福并引以为傲，那么便没有什么可以难为情的。你难道不也很幸福吗？”

“但是将来你不要离开我，另找别人。”

“不会的。我永远不会离开你去另找别人。”

“我太爱你了。”我说。

那年夏天很快就过去了。报纸上不断有打胜仗的消息。我的身体也渐渐恢复了，两条腿有所改善，不久便可以用拐杖走路了。随后我开始到马焦莱医院去接受理疗，恢复膝部的弯曲功能。上午我大多在睡觉，下午则去马场看看，接着去接受治疗。不用拐杖后，人家就不许凯瑟琳陪我一道出去，因为像我这样一个看起来不需要照顾的病人，单独叫个护士陪着走，不大好。因此，我和凯瑟琳待在一起的时间少了些。范坎本女士现在已经默许了我和凯瑟琳的情侣关系，她以为凯瑟琳出身于上等家庭，因此终于也开始喜欢她了。范坎本女士很钦佩高贵的家庭，她本人的出身就很好。

那年夏天很燥热，我在米兰认识了许多熟人。前线意军正在卡索高原上挺进，已经占领了普拉伐河对面的库克，现在正在攻打培恩西柴高原。西线的消息不大好。战争好像还处于胶着状态。美国已经参战，但是我想，要运输大批人马过来，要训练他们作战，非得有一年的时间不可。现在意军已经伤亡惨重，我不晓得这场战争怎么熬下去。即使他们全部攻占了培恩西柴高原和圣迦伯烈山，奥军可以盘踞的还有许多高山峻岭，所以战争还是相当激烈的。也许战争已经无所谓胜败了，也许会永远打个不停。

有一天，我去了一家酒吧，在那儿，我见到了两个英国人和几名飞行员。我独自喝了一杯马丁尼鸡尾酒便回医院去了。在路上我碰到几个熟人，一个是副领事，另有两个学唱歌的家伙，还有一个来自旧金山的意大利人，叫爱多亚·摩里蒂，现在在意大利军队中。我跟大家喝了点酒。歌唱家中有一个叫拉夫·西蒙斯，歌唱时改用意大利姓名——恩利科·戴尔克利多。他刚从皮阿辰扎城演唱回来，他唱的是歌剧《托斯加》。我和他们闲聊着，爱多亚问我："听说你得了银质勋章？"

"我也不能确定，我会不会得到勋章。"

"你会得到的。科伐的姑娘们到那时候一定视你为偶像。她们都会以为你杀死了二百名奥国兵，或者独自占领了一条战壕。嗯，为了得勋章我得发奋图强。"

"你已经得了几枚，爱多亚？"副领事问。

"他什么都有啦，"西蒙斯说，"战争就是为他这种人打的。"

"我应该得两枚铜质勋章，三枚银的，"爱多亚说，"但是公文上列出时只有一枚。"

"其余的呢？"西蒙斯问。

“战役失利,”爱多亚说,“战役一失利,所有的勋章都给压下去了。”

“你受了几次伤，爱多亚？”

“三次重伤。我有三条受伤的杠杠，看见了吗？”他把袖管扭过来给大家看。往所谓杠杠是黑底上三条平行的银钱,缝在袖管的布料上,在他肩头以下八英寸的地方。

“你也有一条，”爱多亚对我说，“佩戴这东西真好。我认为比勋章好得多。相信我，小伙子，等你有了三条，那就显得你有能耐啦。你要受了得住院三个月的重伤，人家才肯给你这种杠杠。”

“你是哪儿受伤啊，爱多亚？”副领事问。

爱多亚拉起袖子来，给我们看那深深的、光滑的红疤。“还有这儿腿上。这我可不能给人家看，因为我打了绑腿；还有在我脚上。我脚上有根坏骨头,到现在还在发臭。我每天早晨都能捡些小骨头出来。”

“什么东西打中了你？”西蒙斯问。

“手榴弹。在我脚边炸开了，我当时以为这次死定了，想不到还留了条命。”

“你当军官有多久了，爱多亚？”我问。

“两年。我快升上尉了。你当中尉好久了？”他反问道。

“快三年。”

“你当不上上尉，因为你不够熟悉意大利语，”爱多亚说，“你只会讲，看和写可不大行。要当上尉你得受过相当的教育。你为什么不进美国军队？”

“我也许要转过去。”

“我倒盼望老天爷肯让我去。哦，好家伙，一个上尉官俸多少啊，麦克？”

“两百五十元左右吧。”

“两百五十元，那不错，花起来肯定很宽裕。你赶快转入美国军队吧，看看有没有法子也把我拉进去。”

“好的。”

“我能用意大利语指挥一个连。改用英语指挥，我学起来很容易。”

“你将来会当上将军的。”西蒙斯说。

我们就这样闲聊着。随后，我和他们道别，回到了医院。我觉得爱多亚很不错，他二十三岁，由旧金山的叔父抚养成人，战争爆发时他恰巧回到意大利的都灵看望父母。他有个妹妹，以前同他一道去美国，住在叔父那里，今年要从师范学校毕业。

回到医院，我就跟凯瑟琳聊起了路上与大家的闲聊情况。凯瑟琳似乎对爱多亚并不怎么喜欢。“你还碰见了谁？”凯瑟琳问。

“迈耶斯夫妇。”

“那是一对怪物。”

“他本应当关在美国监牢里。现在却幸福地生活在米兰。”

“坐过牢的人，这种生活总算是幸福的吧。”

我们聊着，雨在不断地下着。

“雨下得很大。”我说。

“我很怕雨。”凯瑟琳说。

“为什么呢，”我问。

“我不知道，亲爱的。我一向是怕雨的。”

“我则喜欢雨。我喜欢在雨中散步。”

“我怕雨，我怕雨是因为我有时看见自己在雨中死去。”

“哪有这种事。”

“还有，有时我看见你也在雨中死去。”

“那倒是有可能。”

“不，不可能，亲爱的。因为我能够叫你安全，我知道我能。但是没人能救自己。”

“请你别说了吧。今天夜里我可不要你发苏格兰人的怪脾气，疯疯癫癫的。我们在一起的时间也不会长久了。”

“不，我本是苏格兰人，本是疯疯癫癫的。不过我不发作就是啦。这一切都是胡闹。”

“对啦，都是胡闹。”

“都是胡闹。只是胡闹。我并不怕雨。我并不怕雨。哦，哦，上帝啊，但愿我真的不害怕。”她哭了。我安慰她，她不再哭泣。但是外边的雨还是在不断地下着。

第七章

有一天下午，我们到跑马场去。弗格逊也去了，还有克罗威·罗吉斯，他的眼睛给雷管炸伤了。中饭后，克罗威和我坐在他病房的床沿上，翻阅赛马报纸，研究各匹马过去的成绩和今天的预测。克罗威的头上还扎着绷带，他本来不关心赛马，只是因为闲来无事，才注意赛马的。老迈耶斯喜欢他，常常透露给他一些内部消息。迈耶斯每次看赛马，几乎有赌必胜。不过他不愿意把内部消息告诉别人，因为买那匹马的人一多，彩金就往下跌了。这里的赛马非常腐败，各国因跑马犯规而被赛马场开除的骑师，都可以在意大利大行其道。

我们四人赶着一部敞篷马车到圣西罗去。那天天气很好，我们赶着马车穿过公园，沿着电车轨道出城。一到城外，路上全是尘土。到了跑马场时，由于我们身穿军装，就直接进去了。我们下了马车，买了节目表，穿过内场，跨过跑马道，来到停马的围场。我们见到一些熟人，弄到两把椅子给弗格逊和凯瑟琳坐，然后开始观察那些马。

“孩子们，你们押的是哪匹马？”迈耶斯太太问。

“贾巴拉克。”

“真的？赌注是三十五对一啊！”

“我们喜欢它的颜色。”

“我不喜欢。我看它样子不大对头。有人叫我不要押它。”迈耶斯说。

“谁？”

“肯普顿和他那一帮人。你等着瞧吧。这匹马付不到二对一。”

“我可不喜欢这种作弊的赛马。”凯瑟琳说。

“我们下去喝杯酒，看他们付多少钱。”克罗威说。

于是，我们走进大看台下的酒吧间，每人喝了一杯威士忌苏打。我们碰到两个认识的意大利人和副领事麦克·亚当斯，他们跟着我们上去找女士们。意大利人彬彬有礼，麦克·亚当斯和凯瑟琳谈话，我们则又下去押马。迈耶斯正站在派彩处附近。

“问他赌哪匹马。”我对克罗威说。

“你赌哪匹马，迈耶斯先生？”克罗威问。迈耶斯拿出节目表来，用铅笔指指第五号。

“我们也买它，行吗？”克罗威问。

“尽管买，尽管买。可别告诉我妻子是我告诉你们的。”

我们花一百里拉赌第五号马跑头马，又花一百里拉赌它跑二马，随后又是一人一杯威士忌苏打。我觉得很高兴，又结交了两个意大利人。他们每人陪我们喝了一杯酒后，我们就去找女士们。我把马票递给凯瑟琳。

“买了哪匹马？”

“我不知道。是迈耶斯先生选的。”

第五号马果然赢了，但是付的钱很有限。

“你得花二百里拉才能赢到二十里拉，”他说，“十里拉的马票得十二里拉，太不值得了。内人就输了二十里拉。”

“我跟你下去走走。”凯瑟琳对我说。于是我们走下大看台，往停马的围场走去，边走边聊，感觉很好。直到最后，我们算是尽兴而归。

到了九月，前线战事失利，他们攻不下圣迦伯烈山。爱多亚已经回到前线。马匹则运往罗马，米兰没有赛马了。克罗威也去罗马了，准备从那儿回美国。米兰城里有两次反对战争的骚乱，都灵也有一次激烈的骚乱。意军在培恩西柴高原和圣迦伯烈山损失达十五万人，在卡索高原上也损失了四万人，意军似乎吃不消了。

我的腿经过长期疗养已经好多了。现在正在练习正常走路。有个老头儿在一条拱廊下替路人剪影。我停下来看他剪。有两个姑娘一起站着由他剪影，他剪得很快，边剪边侧着头看她们。姑娘们笑个不停。他把剪好的侧面像先拿给我看，然后贴在白纸上递给姑娘们。

“她们长得很美，”他说，“你要不要也来试一下，中尉？”

“好的。”我说。

他在黑纸上剪来剪去，随后分开这两层厚纸，把侧面像贴在一张卡纸上递给我。

“多少钱？”

“不用了，”他摇摇手说，“我免费为你服务。”

“请收下，”我掏出几个铜币来说，“就当作茶钱吧。”

“不。我剪它本身就是一种娱乐。”

“多谢，再会。”

“再会。”

我走回医院去。我有些信件，一封是公函，还有其他的。公函通知我有三星期的“疗养休假”，之后就回前线。我的疗养休假自十月四日算起，我的理疗也就在那天结束。三星期是二十一天，那么十月二十五日我就得走了。我跟他们说了一声我出去一趟，就跑到医院斜对面一家馆子去吃晚饭，然后在饭桌上看信件和晚报。祖父来了一封信，讲了些家里的事以及为国尽忠的话，附有一张两百元的汇票和一些剪报。旧日同食堂的那位教士也来了一封沉闷的信。一个参加法国空军的朋友来了一封信，他现在交了一大帮朋友，满纸讲的都是荒唐事。雷那蒂也来了一封短信，问我在米兰还要躲多久，有什么新闻，他要我带些唱片回去，还开了一张单子。我吃饭时喝了一小瓶基安蒂酒。饭后一杯咖啡，一杯科涅克白兰地，读完了晚报，把信件揣在口袋里，把报纸和饭钱搁在桌上便走了。回到医院后不久，凯瑟琳就来了。

“我来晚了，亲爱的，”她说，“刚才有好些事得做。你好吗？”

我把我收到的公函和休假的消息告诉了她。

“好极啦，”她说，“你打算上哪儿去呢？”

“都不去。我就待在这儿。”

“那太傻了，你挑个地方，我跟着来。”

“你怎么能跟着来呢？”

“还不知道。不过我会来的。没有什么大困难，亲爱的。顶多是我一走了之。但是也不必走到这一步。”

“我们上哪儿去呢？”

“哪儿都行。你要上哪儿去都行。只要是没熟人的地方。”

她似乎有点烦躁紧张。

“怎么啦，凯瑟琳？”

她先是不想说。我说：“说说吧，不要让我担心。”

“非说不可吗？”

“是的。”

“我有孩子了，亲爱的。差不多三个月了。但我不想给你添麻烦。”

“不会麻烦的。那是我们的孩子。”

“只要你选个好地方，我一定想办法跟着去。我们住在一起，一定能过快乐幸福的生活。亲爱的，等你上了前线我天天给你写信。”

“那时候你自己上哪儿去呢？”

“现在还不知道。但我总得找个地方，我自己会想办法的。”

我们静默了一会儿，都不开口。凯瑟琳坐在床沿，我望着她，彼此不接触。我们中间有了距离，仿佛有个第三者闯进了房间，彼此都觉得怪不自然的。

“喝杯酒吧，喝杯酒我们就是勇敢者了。”我说。

“我们俩都很好。”凯瑟琳说着，走到了镜橱边，拿出一瓶科涅克白兰地和一个杯子给我。我在玻璃杯里倒了三分之一的白兰地，一口喝干了。

“这很伟大，”她说，“我知道白兰地是英雄喝的。不过你也不必过分。”

“战后我们上哪儿去住呢？”

“大概在一家养老院吧，”她说，“三年来我总是孩子气地痴想战事会在圣诞节结束。但是现在我要等我们的儿子先当上海军少校再说。”

“也许他还要当上将军呢。”

“倘若是百年战争的话，他来得及在海陆两方面都试一试。”

“你不想喝杯酒吗？”

“不。酒总是使你高兴，亲爱的，但只叫我头昏。”她说。

“你从来不喝白兰地吗？”

“不喝，亲爱的。我是个很传统的老婆。”

我伸手去拿酒瓶，又倒了一杯酒。

“我还是去看看你的同胞们吧，”凯瑟琳说，“或者你看看报纸等我回来。”

“好的。”

“我等一会儿再回来。”

那天夜里天气转冷，第二天下起雨来。我从马焦莱医院回来时雨很大，进房间后浑身淋湿了。我换了衣服，喝了一点白兰地，但是白兰地喝起来没有味道。当天夜里我就觉得不舒服，第二天早饭后竟然呕吐起来。“毫无疑问，”住院医师说，“瞧他的眼白，小姐。”

盖琪小姐看了一看。他们拿面镜子叫我自己照。我的眼白发黄，原来是黄疸病。我病了两星期。所以我便没有和凯瑟琳一起过“疗养休假”。我们本来计划到马焦莱湖上的巴兰萨去。在树叶转黄的秋天，那儿一定很好玩。巴兰萨那边有个好村庄，可以划船到渔夫住的那些小岛上去玩，其中最大的一座岛上还有一家饭馆。但是结果我们没有去成。

有一天，范坎本女士走进房来，打开镜橱，看到了里边的那些空酒瓶。我曾叫门房拿走一批空瓶，准是给她碰到了，因此跑上来再来搜查一下。瓶子大多是味美思酒瓶、马萨拉葡萄酒瓶、卡普里酒瓶、吉安蒂酒瓶和一些科涅克白兰地酒瓶。范坎本女士搜查到的正是这些白兰地酒瓶和一个狗熊形的瓶子。

“你这样擅自喝酒有多久了？”她问。

“时常有意大利军官来探望我，不得不备点白兰地招待他们。”

我说。

“难道你自己不喝吗？”她问。

“我自己也喝。”

“你不愿意上前线，倒也可以理解。不过故意酗酒来害上黄疸病，那未免太不聪明啦。”

“你说我故意什么？”

“故意酗酒。你明明听见的嘛。”我一声不响。“除非你还能找到什么别的借口，你这病一好，就得回前线。我不相信你这自己促成的黄疸病能使你有资格享受疗养休假。”

“范坎本女士，”我说，“你可曾听说有人因为想逃避兵役而自践自己的身体吗？”

范坎本女士不理睬我的这个实际问题，离开了我的房间。后来，盖琪小姐走进来。

“你对范坎本女士说了什么来着？她气坏了。”

“我们不过在比较各种感觉。我刚刚要说她没有生小孩的经验……”

“你这傻瓜，”盖琪说，“她会要你的命。”

“她已经要了我的命，”我说，“她取消了我的休假，不如索性让她送我上军事法庭吧。她太卑鄙了。”

“她一直不喜欢你，”盖琪说，“到底吵什么啊？”

“她说我故意酗酒促成黄疸病，免得回前线。”

“人人都愿意发誓证明你没喝过酒。”她说。

“她已抄到了酒瓶子啦。”

“那就难怪了。”

就这样，我失掉了休假。

回前线之前的那个夜晚，我和凯瑟琳待在一起。我们在路上边走边聊。

“我们要永远在一起。”她说。

“是的，不过我半夜就得走了。”我说。

“别想它，亲爱的。”

我们沿着街走去。雾使得街灯发黄。

“你不疲倦吗？”凯瑟琳问。

“我没事。散步很有趣。”

“可别走得太久了。”

“是的。”

我们拐进一条没有灯光的小巷，走了一会儿。我站住了，吻凯瑟琳。我吻她时感觉到她的手搭在我肩膀上。

“找个地方休息吧。”我说。

“好。”凯瑟琳说。我们沿街走去，走到运河边一条比较宽阔的街道。“我们可以在桥上雇一部马车。”我说。我们站在雾中的桥上等待马车。几部电车开过去了，满装了回家的人们。随后有一部马车赶来了，我们上了车。

“你叫他上哪儿去？”她问我。

“车站。车站对面有一家旅馆，我们就上那儿去。”

“我们不吃晚饭吗？”凯瑟琳问，“等一会儿恐怕肚子要饿了。”

“我们就在旅馆房间里吃饭吧。”

我们到了旅馆，服务生送来了菜单。我们点了菜，就在旅馆里填饱了肚子。但她有点闷闷不乐的样子。

“我的感觉很不好，到这种地方睡觉。”她说。我走到窗边，拉开窗幔向外望。

“你是个好姑娘。”我对她说。

渐渐地，我们快乐自在起来，仿佛这房间一下子变成了我们的家。医院里我那间房间曾是我们的家，现在这房间同样是我们的家了。

“我是个很单纯的姑娘。”凯瑟琳说。

“起初我不这么想。我以为你是个疯疯癫癫的姑娘。”

“我过去是有点疯。我没有把你搞糊涂吧，亲爱的？”

“酒真了不起，”我又斟了一杯酒回答说，“酒能让你忘掉一切坏事。”

“酒很不错，”凯瑟琳说，“但是我父亲却因此得了很厉害的痛风。”

“你父亲还在吗？”

“还在。”凯瑟琳说，“他患痛风。你可以不见他。你父亲还在吗？”

“不在了。”我说，“我有个继父。”

“我会喜欢他吗？”

“你也可以不见他。”

“我们的生活真美满。”凯瑟琳说，“我现在对于别的都没有兴趣了。我已经很幸福地与你结了婚。”

服务生进来把餐具端走。过了一会儿，我们静了下来，听得见外面的雨声。

“你上哪儿去生孩子呢？”我问。

“我还不知道。我尽可能找个好地方。”

“你怎样安排呢？”

“还是尽我的力量吧。不要发愁，亲爱的。说不定战争结束以前我们要生好几个孩子呢。”

“走的时间快到了。”

“我知道。”

“你多久写封信呢？”

“每天写。他们检查你的信件吗？”

“他们的英文不行，让他们看也没有什么关系。”

“我要把信写得很混乱。”凯瑟琳说。

“恐怕我们得出发了。”我说。

“好的，亲爱的。”

“我舍不得离开我们这好好的家。”

“我也是。”

“不过我们得走了。”

我们步行下楼，冒雨来到街上。

“你觉得怎么样，凯瑟琳？”我问。

“想睡觉。”

我看见马车来了。车子停下后，马的头在雨中低垂着。我跟凯瑟琳道别：“我们不如就在这里告别吧。”

“再会，亲爱的。”我们就这样道别了。马车在雨中穿行，凯瑟琳在视线中模糊。

第八章

现在到了秋天，叶落枝空，道路泥泞。我从乌迪内乘军用卡车上哥里察，沿途还遇到了其他军用卡车。我望望乡间景色，桑树已秃，田野一片褐色。路边一排排光秃秃的树木，路上布满湿落叶。有人在修路，正从路边树木间堆积的碎石堆里，搬石头来填补车辙。我们看见哥里察城罩着雾，那雾把高山峻岭也遮断了。我们渡河的时候，我发觉河水在上涨，这是因为高山间下雨的缘故。我们进了城，经过一些工厂，接着便是房屋和别墅，我看到又有许多房屋中了炮弹。我们在一条狭窄的街上驶过一部英国红十字会救护车。那司机戴着帽子，脸孔瘦削，晒得黑黑的。我不认得他。我在大广场上镇长的屋前下了卡车，司机把背包递给我，我背在身上，再加上两只野战背包，就朝我们的别墅走去，没有回到家的感觉。我在潮湿的沙砾路上走，从树木缝隙间望望别墅。所有的窗子都关闭着，只有大门开着。我走进去，发现少校坐在桌子边，房中孑然无物，墙上挂着地图和打字机打的布告。

他说：“你好吗？”他的样子苍老了一点，干瘪了一点。

“我很好，”我说，“这里情况怎么样？”

“没事了。”他说，“你把行李放下来，坐一坐。”我把背包和两只野战包搁在地板上，又把帽子摆在背包上。我从墙边拉过另外一张椅子来，在他桌边坐下。

“今年夏天很不好，”少校说，“你可曾受勋了？”

“受勋了。我收到了。非常感谢你。”

“我来看一看。”

我拉开披肩，让他看那两条勋表。“你还收到用匣子装的勋章了吗？”

“没有。只收到了证书。”

“匣子以后会给的，得费一点时间。”

“关于我的工作，你有什么吩咐？”

“车子都开走了。有六部在北方的卡波雷多。你熟悉卡波雷多吧？”

“熟悉。”我说。我记得那是一座白色的小城镇，在一个山谷里，倒是个干净的小城。“其余的车子在哪儿？”我接着问。

“山里边有两部，四部还在培恩西柴高原。其余两个救护车队在卡索高原，跟第三军在一起。如果你愿意的话，你可以上培恩西柴去接管那四部救护车。吉诺在那儿好久了。你没上那儿去过吧？”

“没有。”

“夏天的战斗很不顺利。我们损失了三部车子。”

“我听说了。”

“对啦，雷那蒂给你写过信。”

“雷那蒂在哪儿？”

“他在这儿的医院里。他忙了整个夏天和秋天。”

“我相信是忙的。”

“夏天的情况很不好，”少校说，“糟得难以想象。你那次中弹还算是运气好了。明年情况还要更糟。也许他们现在就要进攻。贵国同胞怎么样？除了你以外，还有别的美国人要来吗？”

“他们正在训练一支一千万的大军。”

“我希望他们调派一部分到这边来。但是法国人一定会把他们抢个精光的，我们一个人都分不到。好吧，你今天夜里在这儿睡，明天开那部小汽车出去，调吉诺回来。吉诺会把一切告诉你的。他们近来还有一点炮击，不过战斗已经过去了。你看见培恩西柴高原一定会喜欢的。”

“难得有这机会，能够回来再和你在一起，我心里高兴，少校长官。”他见我这么说，笑了一笑：“亏你说得这么好。我对于这场战争已经很厌倦了。要是我离开这里的话，我是不想回来的。”

“糟到这个地步吗？”

“是这么糟，其实还要更糟。你去洗一洗，找你的朋友雷那蒂去吧。”

我走出来，上了楼。雷那蒂不在房间里，我躺在床上想凯瑟琳，等着雷那蒂回来。我本来想，除了夜里临睡前，再也不去想她。无奈我现在很累，没事可做，只好躺着想想她。我还在想她的时候，雷那蒂进来了。他还是老样子，但瘦了点。

“好，乖乖。”他说。我在床上坐起身。他跑过来，坐下，伸出双臂抱住我。“好乖乖。”他用力拍拍我的背，我抱住他的双臂。

“好乖乖，”他说。“让我看看你的膝头。”

“那我得脱下裤子。”

“那就脱好了，乖乖。我想看看他们的治疗功夫。”我站起身，解下裤子，拉开护膝。雷那蒂坐在地板上，把我的膝头轻轻来回弯动。他用手指沿着伤疤摸下去，用他双手的拇指一齐按在膝盖骨上，用其余的手指轻轻地摇膝盖。

“这样子就送你回来，真是罪过。他们应该等到关节连接完全恢复。”

“这比以前好多了，以前硬得像木板一样。”我说。

雷那蒂把它再往下弯。我注视着他的双手——他有一双外科医师的好手。

我看他的头顶——头发光亮，头路挑得分明。他把膝头弯得太下了。“哎哟！”我叫起来。

“你应当多做几次理疗，膝盖本身的手术很不错。”雷那蒂接着说，“这战争可把我折磨死了。”

“怎么啦？”我问。

“这战争太可怕了。”雷那蒂说，“来吧。我们俩都来喝个醉，然后找什么来解解闷，人就会好过了。”

“我害过黄疸。”我说，“不可以喝醉。”

“哦，乖乖，你回来竟然变成这样一个人。你一回来就一本正经，还有肝病。我告诉你吧，这战争是件坏东西。我们究竟为什么要打仗呢？”“我们喝它一杯吧。我不想喝醉，不过我们可以来一杯。”雷那蒂走到房间另一头的洗脸架前，拿回来两只玻璃杯和一瓶科涅克白兰地。

接着，我们就喝了起来。确实需要解解闷。我们边喝边聊，聊了很多，也聊到凯瑟琳。但我没告诉他细节，更没跟他说她怀孕了。

喝着喝着，感觉喝多了，雷那蒂有点醉了。这时候勤务兵送来了汤。

少校也走进来，向我们点点头，在饭桌边坐下。

“只有我们这几个人吗？”少校问。

“人是到齐了。”雷那蒂说，“除非教士也来。他要是知道弗雷德里克在这儿的话，一定会来。”

“他现在在哪里？”

“在三零七阵地。”少校他正忙着喝汤，他揩揩嘴对我说，“我打过电话，叫人家传话给他，说你回来了。”

“可惜食堂不像从前那么热闹了。”我说。

“是的，安静多了。”少校说。

“我们来闹闹吧。”雷那蒂说。

“喝点酒吧，亨利。”少校说。他给我的杯子倒满了酒。意大利面端进来了，大家都忙着吃。大家快吃完面时，教士才来。他还是那老样子，身材瘦小，黄褐色的皮肤，看上去很结实。我站起身来和他握手。他把手搭在我肩膀上。“我一听说你来了就赶回来。”他说。

“坐下吧。”少校说，“你迟到了。”

接着，我们几个就聚在一起聊着，聊了很多生活的近况，真有久别重逢的惆怅。

喝过酒后，教士来了我的房间。我躺在雷那蒂的床上。教士则坐在勤务兵给我架好的行军床上。房间里黑乎乎的。

“战事怎么样？”我问。

“依我看，不久就要结束。我也说不出个道理来，只是有这种感觉。”他说。

“似乎有这感觉。”我说。

“今年的夏天真可怕。”教士说，“你大概不会相信，除非你亲身经历。到了今年夏天，许多人才明白什么是战争。”

“将要发生什么呢？”我问。

“我也不知道，但照我想，不可能再拖下去了。他们会停止战斗。”

“谁？”

“双方。”

“我倒希望是这样。但我不相信双方会立即停战。”我说。

“那当然。但是我看见人们在改变，战事不会拖太久了。”

“今年夏天谁打了胜仗？”

“谁也没打胜。”

“奥军打胜了。”我说，“他们守住了圣迦伯烈山。他们打了胜仗。他们不会停战的。”

“要是他们的感觉和我们一样，他们或许会停战的。他们和我们有同样的经历。”

“打胜仗的人是从来不肯停手的。”

“你真叫我泄气。”他说。

随后，我们继续聊了会儿，他就道了声晚安离开了。

第九章

我没到过培恩西柴高原，现在走过河对面我从前受伤的地方，走上从前奥军盘踞的山坡，心中有一种奇异的感觉。那边现在新铺了一条险峻的山路，还有许多军用卡车。再过去道路平坦了一些，我望见雾中的树林和峻岭。再往前走，路的两边和顶上都搭有遮蔽用的席子。路的尽头是一个已经毁坏了的村子，村子过去一点的高处，就是前线。附近有许多大炮。村子里的房屋被破坏得很厉害，不过组织工作做得很好，到处都有指路标。我们找到了吉诺，他给我们喝了点咖啡，然后带我去见了几个人，看了那些救护站。吉诺说英国救护队在培恩西柴高原上还要过去一点的拉夫涅工作。他很佩服英国人。他说，炮击有时还有，不过伤人不多。现在雨季一开始，病人要多起来。奥军据说要发动进攻，可他不相信。我们据说也要发动进攻，但是新来的部队并没有调来，所以所谓进攻恐怕也只是说说罢了。这里吃的东西很少，他很希望能回哥里察去饱餐一顿。他希望回去后，能调到卡波雷多。那是个很好的小镇，他特别喜欢镇后那座耸入云霄的高山。

吉诺是个好小伙，人人好像都喜欢他。他说战斗打得最惨的地方是在圣迦伯烈山，还有伦姆外围的进攻也很糟糕。他说在我们前边和上边的特尔诺伐山脉，奥军在树林里布置了好些大炮，夜里常常狠狠地轰击我们的道路。特别刺激他神经的是敌人的海军炮队。这种炮，你只要看到它那种直射的弹道就认得出。先是“啪”的开炮声，随即就是炮弹的一阵尖叫。他们往往是双炮齐发，一门紧挨着一门，炸裂的弹片特别大。他拿了一片给我看，那是块锯齿形的边缘较平整的铁片，有一英尺多长。

他说对面敌军阵营中现在有克罗地亚人，还有些马扎尔人。倘若奥军来进攻的话，我们这边既没有电话，又没有地方可以退守。高原上突出来的那一排低低的山丘，本来是防守的好阵地，但是我们并没有组织士兵利用这个天险。我问他对培恩西柴高原究竟有什么看法。

“高地上的平原，”吉诺说，“但其实并没有平原，而是高低不平。”

“山顶是平坦的，敌人进攻山顶岂不相当容易？”

“不见得。”他说。

“但是圣迦伯烈山是特别的，因为与其说它是山，不如说它是座要塞。奥军在那儿修防御工事已经好多年了。”我的意思是，从战术上来讲，凡是某种运动性的战争，以一系列山脉当作战线是无法守住的，因为那太容易受敌人的包抄了。不过，我不相信在山上打仗能解决什么问题。关于这一点，我曾经想了又想。我说，你抢去一座山，我夺来一座山，但是要认真打仗的话，大家还得先下山来。

“倘若有的国家拿山做国境线，那该怎么办呢？”他问。

“这我还没想出法子来。”我说，两人都笑起来。“但是，”我说，“在从前，奥军总是在维罗那周围那块四方平原上遭到打击。人家让他们下到平原，然后迎头痛击。”

“是的。”吉诺说，“但是那些人是法国人，你在别人的国土上打仗，军事问题就可以干净利落地解决。”

“是的。”我同意道，“倘若是你自己的国土，干起来可不能那么科学化。”

“这里的食物缺乏吗？”我问。

“我总是觉得不够吃，经常挨饿。按理说食物本该是充足的，但却不够吃。”

“一定是被倒卖贩子偷到别的地方去卖了。”

“有可能。他们尽量拿充足的食物供应在前线的部队，但是后援人员的伙食可就很缺乏了，弄得后援人员只好把奥军种下的马铃薯和树林里的栗子吃个精光。我相信食物本来是一定够的，可现在士兵的伙食不足，这很不好。肚子吃不饱，就没心思打仗了。”

“那是。”我说，“这样必定打败仗。”

“我们不谈败仗吧，谈败仗已谈得够多了。”

那天整天下暴风雨。风刮着雨，到处积水，到处泥泞。那些被毁的房屋上的灰泥又灰又湿。傍晚时，雨停了，我从第二急救站那儿，望见赤裸而湿漉漉的秋天的原野，山峰顶上有云，路上的席子屏障湿淋淋地滴着水。太阳在西沉前又露了一次面，映照着山脊后边的光秃秃的树林。山脊上的树林里有许多奥军的大炮，不过开炮的倒是没有几门。我看着前线附近一幢毁坏的农舍上空突然出现的一团团榴霰弹的烟——轻柔的烟团，中央出现黄白色的闪光。我看见了闪光，然后才听见炮声，看见那个烟团在风中变形而变得稀薄。村屋的瓦砾堆中有许多榴霰弹中的铁弹，急救站那幢破屋子旁边的路上也有，但是那天下午奥军并没向急救站附近开炮。我们装了两车伤员，在淋湿的席子遮掩好的路上开着走，残照的余晖从条条席子的空隙中射进来。我们还没走到山后那段露天的路上，太阳就下去了。我们在没遮掩的路上朝前驶，正当车子转个弯，由敞开的郊野驶进搭着席子的方形甬道时，雨又下起来了。

夜里起了风。到清早三点，正当大雨倾盆直泻的时候，奥军发动炮击，克罗地亚部队穿越山上的草场和一片片树林，冲到前线来。他们冒着雨在黑暗中混战一阵，我们由第二线一批惊慌的士兵发动反攻，才把敌人赶了回去。在雨中开了许多炮，放了许多火箭，全线都响起了机枪和步枪声。他们没有再来进攻，前线比较沉寂了，在一阵阵风雨中，我们听得见北面远远地有猛烈的炮击声。

伤员陆续到救护站来了，有的由人用担架抬来，有的自己走，有的由人家背着越过田野而来。他们全身湿透，都吓得要命。我们把担架上的伤员由急救站的地下室抬上来，装满了两部救护车。当我伸手关上第二部车的车门时，我发觉打在脸上的雨已经变成雪了，雪花在雨中又猛又快地落下来。

在南面，那条有树林的长长的山岭底下，奥军的大炮集中在那里，又开始炮击了。我们也等着他们的炮击，但是并没有行动。

我们听说敌人进攻南边的行动已经失败了。那天夜里他们不再进攻，但是我们又听说，他们在北边突破了我们的阵地。夜里有人传话来叫大家准备撤退。这消息是急救站那个上尉告诉我的。他的消息是从旅部听来的。过了一会儿，他接到电话，说方才的消息是小广播。旅部奉令坚守培恩西柴这条战线，无论发生什么情况。我问起关于突破的消息，他说他在旅部听说，奥军突破了第二十七军团的阵地，直逼卡波雷多。北边整天有大恶战。

“倘若真的让那批龟儿子突破的话，我们就成为瓮中之鳖了。”他说。

“进攻的是德国部队。”一位军医说。一提起德国人，大家谈虎色变。我们都不想跟德国人打交道。

“一共有十五个师的德军。”军医说，“他们已经突破进来，我们就要给切断了。”

“旅部的人说这条战线非守住不可。他们说，敌人的突破还不太厉害，我们要守住从马焦莱峰一直横穿山区的新阵地。”

“他们这消息是从哪儿听来的？”

“从师部。”

“叫我们撤退的就是师部来的命令嘛。”

“我们是直属军团的。”我说，“但是在这儿，我受你的指挥。自然，你什么时候叫我走我就走。但是命令是退还是守，总得弄清楚。”

“命令是留守这地方。你把伤员从这儿运到后送站。”

“有时候我们还把伤员从后送站运到野战医院。”我说，“告诉我——我没见识过撤退，要是果真撤退，这些伤员怎么个撤退法呢？”

“没法把伤员全部运走，能运多少就运多少，其余的只好撂下。”

“那么车子装什么呢？”

“医院设备。”

“好的。”我说。

第二天夜里，撤退开始了。我们听说德军和奥军突破了北面的阵地，现在正沿着山谷直冲下来，向西维特尔和乌迪内挺进。撤退倒很有秩序，士兵们身上被淋湿，心里很愠怒。夜里，我们开着车子在拥挤的路上慢慢地走，越过了冒雨撤离前线的部队、大炮、马拉着的车子、骡子

和卡车。并不比进兵时更混乱多少。

那天夜里，我们帮助那些野战医院撤退——野战医院就设在高原上那些毁坏最轻的村庄里，把伤员运到河床边的普拉伐。第二天一整天，又是冒着雨协助普拉伐的医院和后送站撤退。那天雨下个不停，培恩西柴的部队冒着十月的秋雨，撤出高原，渡过了河。第二天中午，我们到了哥里察。雨停了，城里几乎全空了。雷那蒂也跟着医院撤退了。

我们离城的时候，除了大街上几队开拔的部队和大炮以外，雨中的城镇显得空虚荒凉，一片黑暗。小街上也驶着许多卡车和马车，都在向大街集合。我们绕过硝皮厂开上大街时，部队、卡车、马拉的车子和大炮已经汇合成为一个宽阔的、慢慢移动的行列。博内罗的车子座位上搭载着两名工兵队的上士。我上车时，上士们连忙坐正示敬。“他们奉命留下来修一座桥，”博内罗说，“他们找不到原来的部队，我就让他们搭搭车。”

“请求中尉先生允准。”

“我允准。”我说。

“中尉是美国人。”博内罗说，“任何人来搭车子都行。”其中一个上士笑了，还有一个问博内罗，我是不是来自北美洲或南美洲的意大利人。

“他不是意大利人，他是北美洲的英吉利人。”

两个上士很有礼貌，但是看样子不相信。我离开他们往后面去找艾莫。艾莫车子座位上有两个女郎，他正背靠在一个角落里抽烟。

“快告诉中尉你们的名字。”艾莫对着她们说。女郎们狠狠地盯着我，说了几句土语。我一个字也没听懂。其中一个女郎的有点胖，估计是姐姐，大约十六岁。

“搭载她们有没有危险？”我问，“我感觉那女郎对我不友好。”

艾莫对那两个女郎说起了粗话。那个姐姐盯着他看，然后哭了起来。她的妹妹低着头，抓住姐姐的手，两人紧紧偎在一起。那个本来恶狠狠的姐姐继续哭泣着。

“想不到竟吓着她了。”艾莫说，“我并没有存心要吓唬她。”

司机巴托罗缪拿出他的背包，切下两片干酪。“拿着，别哭啦。”他说。

那姐姐摇摇头，还是哭，妹妹接过干酪吃起来。过了一会儿，妹妹把另一片干酪给她姐姐，两人都吃起来。姐姐还是抽泣了一下子。“她等一会儿就会好的。”艾莫说。

我回到皮安尼的车子上。车马的队伍几乎不能动弹。雨还是很大，我想会不会是马匹和机动车混杂在一起，增加了交通的困难。

雨继续下着，我们慢慢挪动着。天亮时我们的车子正在一个小山岗上，我望见前面撤退的道路伸得老远老远，一切景物都是静止的，只有步兵在慢慢移动前进。我们又走动了，但是在白天的亮光中看去，车子真是走得太慢了，倘若想开到乌迪内的话，我们只能放弃大道，改抄小路，越过乡野而走。

夜间，许多从附近乡间小径上来的农民加入了这撤退大行列，于是行列间有了满载着家具杂物的马车，有些镜子从床垫间撅出来，车子上绑着鸡啊鸭啊之类的东西。我们前边，有一部车上装着一架缝纫机，在雨中走着。我下了车沿着大路往前走，找一个望得见前边的地方，看看有没有侧路旁道，以便越过田野前进。没人知道奥军到了什么地方，战况怎么样，但是我看只要雨一停，飞机就会前来扫射这个行列，大家就要完蛋。

现在雨不像刚才那么大了，我想，说不定天就要放晴。我沿着大路的边沿往前走，找到一条通向北面的小路。我想这条小路可以走，便赶紧跑回去。我叫皮安尼转弯走那条小路，然后又跑去通知博内罗和艾莫。

“倘若这条路走不通，我们还可以转回来。”我说。

“这些人怎么办？”博内罗问。他旁边还坐着那两名上士。

“他们俩可以帮忙推推车。”我说。我回去找艾莫，告诉他我们将要越过乡野抄近路。

“这两个女的怎么办？”艾莫说。女孩子们睡着了。

“你要留着她们，就随你的便了。”我说。

随后，我们上了小路。小路通到了一家农舍。农舍又矮又长，屋前有座棚子，有葡萄藤垂在门上。院子里有口井，皮安尼给汽车的散热器装了点水。农舍里没有人。我回头一望，这农舍原来是盖在平原上一片稍微凸起的高地上。我们望得见乡野、小路、树篱、农田和大路边的那一排树，撤退的队伍就在这大路上。那两名上士在屋子里东张西望。女孩子们已经醒来，正在望着院落、井和农舍前的那两部大救护车，三名司机聚在井边。一个上士手里拿着一座时钟走出屋来。“放回去。”我说。他看看我，走回屋子里，出来时手里没拿时钟。“你的同伴呢？”我问。

“上厕所去了。”说着，他在救护车的座位上坐了下来，唯恐我们丢下他。

“吃早饭好不好，中尉？”博内罗问，“我们大可以吃点什么，花不了多少时间。”

“照你想，打这条路走到另外一边去，会不会通到什么地方？”

“当然会的。”

“好。我们就吃吧。”皮安尼和博内罗走进屋子里去。

“没有多少东西吃，”皮安尼说，“人家都带走了。”

博内罗在一张笨重的厨房桌上切一大块白色的干酪。

“干酪在哪儿找到的？”

“在地窖里。皮安尼还找到了酒和苹果。”

“这顿早餐可不赖。”

皮安尼把一只大酒瓮的木塞子拔出来，酒瓮外用柳条筐包着。他把酒瓮一侧，倒满了一铜锅的酒。

“味道还香，”他说，“找几只大口杯来，巴托。”

两位上士走了进来。

“吃点干酪吧，两位。”博内罗说。

“我们该走啦。”上士中的一个说，他吃了干酪，喝了一杯酒。

“我们要走的。甭发愁。”博内罗说。

“我们最好还是动身吧。”另一个上士说。

“我们就走。”我说。我又喝了一杯红葡萄酒，吃了干酪和苹果后，觉得酒的味道很好。

“把干酪带走。”我说着走出去。博内罗出来时捧着那一大瓮酒。

“太大啦，”我说。他爱惜地直瞧着那瓮酒。

“恐怕是太大！”他说，“拿行军水壶来装吧。”他把水壶装满了酒，随后他捧起酒瓮，把它摆在大门里边。

“这样奥国佬用不着打破门就找得到酒了。”他说。

“我们走吧，”我说，“皮安尼和我领头。”那两位工兵上士已经坐在博内罗的身边，女孩们则在吃干酪和苹果，艾莫在抽烟。我们沿着那条狭窄的小道出发了。我们前面的道路又狭窄又泥泞，两边尽是高高的树篱。在后边，其余的车子也紧紧地跟随着我们。

中午时分，我们的车子陷在一条泥泞的道路上，开不动了。我们三次听见飞机飞过，又听见轰炸公路的声响。我们在好些纵横交叉的小路上摸索了好久，走了许多冤枉路，但我们居然越走越靠近乌迪内了。这时艾莫的车子从一条绝路上倒车时，车身陷入路边的软泥，车轮越打转，就陷得越深，到末了前轮完全陷了进去，变速箱碰到了地上。补救的办法是把车轮前的泥土挖掉，砍些树枝塞进去，让车轮不致打滑，然后把车子推上路。我们都下了车，围在车子四周。那两位上士也望望车子，仔细看看车轮。随即一声不响，拔腿就走。我追了上去。

"来，"我说，"去砍些树枝。"

"我们得走了，"一个上士说，另一个一声不响。他们急于离开，不愿回答我的话。

"我命令你们去砍树枝。"我说。

一个上士转过身来对我说："我们得走了。过一会儿你们就要给人家截断后路了。你没资格命令我们。你不是我们的长官。"

"我命令你们去砍树枝！"我又说了一遍。他们转身就上路了。

"站住！"我说。他们只管在泥泞的路上走去。路的两边栽有树木作为篱笆。"我命令你们站住！"我喊道。他们反而走得更快了。我打开手枪套，拔出枪来对准那个说话最多的就开枪。第一枪没打中，他们跑起来。我连开三枪，一个中枪倒下，还有一个钻过树篱就看不见了。他越过田野时，我隔着篱笆向他开枪，想不到听见"嗒"的一声空响。我赶快再装上一夹子弹，但发现第二个上士已经跑得太远，用手枪打不到了。他在田野上了很远，我开始在空弹夹里装子弹。博内罗走上前来，“我去结果他吧。”他说。我把手枪递给他，他走去找那扑倒在路上的上士。博内罗弯下身，把枪口对着那人的脑袋，扣了扳机。枪没打响。“你得先往上扳。”我说。他往上一扳，连开了两枪。他抓住上士的两条腿，把他拖到路旁篱笆边，然后走回来，把手枪还给我。

“龟儿子。”他说，望望那上士，“你看见我打死他了吧，中尉？”“我们得赶快砍树枝。”我说。我们自己动手砍树枝，又把车里所有的东西都搬了出来。博内罗在车轮前挖土。我们一准备好，艾莫就开动车子。车轮直打转，枝条和泥土四下溅散。博内罗和我拼命推车，推到关节好像都快要折断了。车子还是不动。

“你看怎么办，中尉？”博内罗问。

“我们再挖一挖，再用枝条试一次。”我说，又朝路的另一头望去。都是我的错，是我把他们领到这儿来的。太阳差不多从云后边出来了，上士的尸体躺在树篱边。

“我们拿他的军装上衣和披肩来垫一垫。”我说。博内罗去拿了来。我砍树枝，艾莫和皮安尼挖掉车轮前和车轮间的泥土。我把披肩割成两半，铺在车轮底下，然后又垫些枝条在下面，让车轮不致打滑。我们准备好了之后，艾莫爬上车去发动。车轮转了又转，我们推了又推，结果一点效果都没有。最后车子完全被困住了，车轮深深陷入烂泥中，一直陷到轮毂。我们只好丢下车子，步行往乌迪内进发。

我们走上那条往后通到原来的公路的小道，我指给两个女孩子看。“到那边去吧，”我说，“会遇到人的。”她们望着我。我掏出皮夹子，给她们每人一张十里拉的钞票。“到那边去吧。”我指着说。她们听不懂，只是紧紧地捏着钞票，开始往路的另一头走去。她们回过头来看了一下，仿佛怕我要把钱要回来似的。三位司机纵声大笑。“如果我也朝那方向走，你给我多少钱，中尉？”博内罗问。“要是敌人追上来的话，她们还是混在人群里好一点。”我说。“你给我两百里拉，我就向奥地利一直走回去。”博内罗说。“人家会把你的钱夺去的。”皮安尼说。“说不定那时战争就停止了。”艾莫说。

我们以最快的速度赶路。太阳想冲出云层来。路旁边有桑树，从桑树间我望得见我们那两部大篷车陷在田野里。皮安尼也回头去看。

“他们得先修一条路才能够把车子拖出来。”他说。

“要是我们有自行车该多好呀！”博内罗说。

“在美国有人骑自行车吗？”艾莫问。

“从前有人骑。”

“在这儿，自行车可真了不起，”艾莫说。“这东西太好了，但愿我们有自行车。”博尼罗说。

“那是枪声吗？”我问。我好像听见远方有射击声。

“大概是骑兵。”皮安尼说。

“他们不见得有骑兵队吧？”

“千万别让骑兵把我一枪刺死。”博内罗说。

“你倒是向那上士开了枪，中尉。”皮安尼说。我们走得很快。

“是我打死他的。”博内罗说，“这次战争里我还没杀过人，我一辈子就想杀个上士。”

“你是趁人家不动弹时打死他的。”皮安尼说，“你杀他的时候，人家可并不是在飞快地跑。”

“没关系。这是件我终生不会忘记的快事。我杀了一个狗上士。”“将来忏悔时你要怎么说呢？”艾莫问。

就这样，我们边走边说着话，后来，我们走上一条通到河边的道路。路上一直到桥边为止，有一长列被遗弃的卡车和运货马车，一个人影也没有。河水高涨，桥的中部已被炸断。我们沿着河岸走，找个可以渡河的地点。我知道前头有座铁路桥，我们也许可以打那儿过河。我们走到河岸边，终于看到了那座铁路桥。

“一座多么美丽的桥啊！”艾莫说。那是一座普通的长铁桥，横跨在一道通常干涸的河床上。

“我们赶快走过去吧，趁人家还没把它炸断。”我说。

“没人会来炸断它的，”皮安尼说，“他们都走光了。”

我们沿着铁路轨道走。我们两边伸展着湿漉漉的平原，平原的前头就是乌迪内的那座小山，山上有座城堡，城堡下是民居的屋顶，一家家挨过去。我们望得见钟楼和钟塔。田野上有许多桑树。我看见前头有个地方，路轨给拆掉了，枕木也给挖掉，丢在路堤下。

“趴下！趴下！”艾莫说。我们扑倒在路堤边。路上有一队士兵骑自行车经过。我从堤顶偷望着他们过去。

“他们看见了我们，但是他们只管自己走自己的路。”艾莫说。

“你看我们逃得出去吗？”艾莫问。

“当然啦。敌军还不是很多，我们可以趁着天黑溜过去。”

我们继续顺着铁轨走，我们听见前头有枪声。接着，从密密的矮树丛里打出了两枪，艾莫正在跨过铁轨，他身子一晃，绊了一下，脸孔朝地跌了下去。我们把他拖到另外一边的路堤上，把他翻转身来，只见他鲜血直流，脖颈下部中了一枪，已经死了。皮安尼放下他的头，拿块急救纱布擦擦他的脸。

“那帮狗崽子！”他说。

“他们不是德国兵，”我说，“那边不可能有德国兵。”

“艾莫死了，”博内罗说，“第二个轮到谁啊，中尉？我们现在往哪里走？”

“开枪的是意大利人，”我说，“不是德国人。”

“照我看，要是德国人的话，他们会把我们都打死的。”博内罗说。

“现在意大利人对于我们的威胁比德国人的还要大。”我说。

“现在我们上哪儿去呢？”皮安尼问。

“最好找个地方躲一躲，挨到天黑再说。只要我们走得到南边就没事了。”

艾莫躺在泥土里，他个子相当小，军帽盖在脸上。在我所认识的人当中，我算是喜欢他的了。他的证件在我的口袋里，我准备写信通知他的家属。

路的前头有一幢农舍，周围栽着树，房屋旁边还搭有一些农家小建筑物。二楼有个阳台，用柱子支着。我们在黑暗中摸到了这里。

我们在屋子的仓房安顿下来。仓房里有一道料槽，估计是喂养牲口用的。屋子里有干牛粪味。我躺在仓房里的干草堆上，好像回到了年轻时代。年轻时我们躺在干草堆里聊天，用气枪打歇在仓房高高山墙上的麻雀……

我们在屋子里找到了酒，每人各自喝了一瓶。但这酒并不好喝，因为年代太久，已经变了质，失去了味道和色泽。我们在那里休息了一会儿，就上路了。那是个奇异的夜晚。我不知道我会碰到什么，或许是死亡，或许是在黑暗中开枪并奔跑，但是想不到却什么都没有发生。我们先是趴在公路边的水沟后面，等着一营德国兵开过，他们走过后，我们才越过公路，一直朝北走。我们有两次贴近德国部队，但是他们并没有看见我们。我们绕着城的北面走过乌迪内，一个意大利人也没碰见，过了一会儿便走进撤退的大军，整夜往塔利亚门托河赶去。我真想不到撤退的规模这么宏大——不但是军队，整个国家都在撤退。我们整夜赶着路，走得比车辆还要快。我的腿发痛，但是我们还是走得很快。我们穿越两国大军，完全没发生意外。艾莫要是没给打死，我们不会感觉有任何危险。我们沿着铁路大大方方地走，没人来打扰我们。艾莫被杀是太突兀而太没理由了。

在黑暗和雨水中，我们沿着路边赶路，我看见许多士兵挂着步枪也在赶路。

“你们是哪一个旅的？”一个军官叫道。

“和平旅。”有人喊道。军官一声不响。

“他说什么？军官说什么？”

“打倒军官，和平万岁！”

“快走吧。”皮安尼说。我们经过两部英国救护车。

“是哥里察开来的车子，”皮安尼说，“车子我认得。”

“人家倒比我们走得远一些。”

“人家比我们早开车啊。”

“不晓得司机们上哪儿去了？”

“大概就在前头吧。”

“德国军队在乌迪内城外停下了，”我说，“这些人都可以渡河了。”

“是的，”皮安尼说，“我说战争还要打下去，就是这个缘故。”

“德国军队本可以追上来，”我说，“不晓得为什么不追上来。”

“我也不知道。这种战争我什么都不懂。”

“依我看，他们得等待他们的后勤补给吧。”

我们边走边聊着。天亮前，我们赶到了塔利亚门托河的河岸边，便沿着涨满水的河走，走近一条所有的人马都要过的桥。

在黑暗中，水好像涨得很高，河水打着漩涡。我们沿着河岸走，然后挤进了渡河的人群。我非常疲乏，过桥一点儿也不叫人兴奋愉快。

“皮安尼？”我叫道。

“我在这儿，中尉。”他给挤在前面不远的人群里。没人说话，大家只希望快点过桥，心里就是这么个念头。我们快过去了。木桥的那一头，两边站着一些军官和宪兵，打着手电筒。我们走近他们时，我看见有个军官用手指指队伍中的一个人。一名宪兵走进行列，抓住那人的胳膊，拖了出去，强迫他离开大路。我们快走到军官们的正对面了。他们正仔细察看着行列中的每一个人，有时交谈一声，跨前几步，打手电筒照照一个人的脸。我们马上要走到正对面时，他们又抓去了一个人，我看见那人是个中校。宪兵把他拖到那一排检查行人的军官后面。当我走到那一排军官跟前时，我看到有一两个军官正盯着我。其中有一个指指我，对宪兵说了一句话。那宪兵跑过来，挤过队伍的边沿来找我，接着我被他抓住了衣领。

我一拳打在他脸上，血从他面颊上淌下来。又有一个宪兵朝我们俩冲过来。他正在寻找机会揪住我时，我伸手到背后去解手枪。

“难道你不懂得不能碰军官的规矩吗？”

另一个从我身后抓住我，把我的手臂朝上扭，扭得几乎脱了臼。我跟他一起转过身，第一个宪兵狠狠抓住了我的脖子。我踢他的胫骨，用我的左膝撞他的胯部。

“他再抵抗就开枪。”我听见有人说。

“这是什么意思？”我想大声嚷，但是我的声音并不响亮。他们现在已把我拖到路边来了。

“他再抵抗就开枪，”一个军官说，“押他到后边去。”

“你们是什么人？”

“战场宪兵。”另外一个军官说。

“押他到后面那些人那儿去，”第一个军官说，“你看，他讲意大利语的口音不准。”

“你还不是同样口音不准，你这狗崽子！”我说。

“押他到后面那些人那儿去。”第一个军官说。他们押着我绕到这排军官的后边，去往公路下边临河的田野，那儿有一堆人。我们朝他们走去时，有人开了几枪。我们走到那堆人旁边。那边站有四名军官，他们面前站着一个人，一边一个宪兵守着。有一小组人也由宪兵看守着。审问者的旁边站着四个宪兵，人人挂着卡宾枪。这些宪兵都是那种戴宽边帽的家伙。押我去的那两个把我推进等待审问的人群中。我看看那个正在受审问的人，他就是方才从撤退行列中给拖出来的那个灰头发的中校。审问者威风凛凛，操着别人生杀大权的意大利人大致就是这个模样，因为他们光枪毙别人，没有被别人枪毙的危险。

“你属于哪一旅、哪一团的？”

他告诉了他们。

“为什么不跟你那一团人在一起？”

他把原因说了出来。

“你不知道军官必须和他的部队在一起的规矩吗？”

“我知道的。”

问话到此为止。另外一个军官开口了：“就是你们这种人，放野蛮人进来糟蹋祖国神圣的国土。”

“对不起，我不懂你的话，”中校说。

“就是因为有像你这样的叛逆行为，我们才丧失了胜利的果实。”

“你们经历过撤退没有？”中校问。

“意大利永远不撤退。”

我们站在雨中，听着这番话。

“要枪毙我的话，”中校说，“就请便吧，不必多问。这种问法是愚蠢的。”他划了一个十字。那些军官会商了一下。其中一个在一本拍纸簿上写了些什么。

“擅离部队，明令枪决。”他宣读。

两个宪兵押着中校到河岸边去。接着，我听到了枪声。

现在他们在审问另外一个人了。我想，这样下去，我也是必死无疑，应该趁机逃走。我悄悄地把身子往下蹲，同时分开左右两人，低着头往河边猛跑。我在河边绊了一跤，“嗵”的一声掉进河里。河水很冷，可我竭力躲在水下不上来。我一冒出水面，便吸一口气，连忙又躲下去。我第二次冒出水面时，看见前面有一根木头，就游过去，一手抓住它。我把头缩在木头后边，连看都不敢往上看，我不想看岸上。我逃跑时和第一次冒出水面时，他们都开枪了。我快冒出水面时就听见枪声，现在却没人再开枪了。那根木头顺着水流转，我用一只手抓着它。我看看岸上，河岸好像在很快地溜过去。河中木头很多，河水很冷。我随波逐流，从一个小岛垂在水面上的枝条下淌过去。我双手抱住那根木头，由它带我顺流漂去。现在已看不见河岸了。

第十章

我不晓得在河上究竟漂了多久。河水很冷，水上漂过许多东西，都是河水上涨时从岸上卷来的。我幸运地抱住一根沉重的大木头，身子泡在冰冷的水里，下巴靠在木头上，双手尽量轻松地抱着木头。天开始亮了，我看得见河岸上的灌木丛。前头有一座矮树丛生的小岛，流水带着我朝岸上漂去。

我看着河岸在靠近，但就在这时，我碰到了一个漩涡。我一手抱住木头，抬起两脚来推木头的边沿，用力往岸边猛推。尽管我拼命划水，水流还是把我卷走了。我害怕自己会被淹死，于是拼命挣扎，等我抬起头来时，岸正在渐渐靠近，于是我继续拼命划水，最后终于奋力游到了岸边。等我爬上岸时，天已亮了，我看不见一个人影。我平躺在河岸上，听着流水声。

我把衣服脱了，晾了好一会儿，然后穿好，顺着河岸走。这里的乡野光秃秃的，凄凉得很。接着，我走上一条公路。我看见前方路上有些部队正在走过来。我在路边一瘸一拐地往前走，他们经过我身边时没有理睬我。这是开到河边去的一个机枪支队。我顺着公路继续走。

那天我徒步穿越威尼斯平原，这是个又低又平的地带。我从北往南走，跨过两条铁路线和许多道路，终于从一条小径的尽头处走上一片沼泽地边的一条铁路线，这是从威尼斯到的里雅斯德去的干线。铁轨过去不远的地方有个招呼站，我看见有士兵在把守。我趴在路堤上，不想让士兵发现，希望有火车来，能借助火车遮挡并且爬上火车。我静静等了很久，终于有一列火车开来了。火车开得很慢，车身遮住了士兵的视线，火车开到我趴着的地方后，我纵身一跃，抓住了车后的把手，攀了上去。我爬到“平底船”和后边一节高高的货车的车檐间。火车过去时，有个士兵这下才发现了我，望望我。他还是个孩子，他的帽盔太大了。我轻蔑地瞪了他一眼，他赶快转开头去，大概以为我是列车上的什么人员。

我躺在无顶平板货车的车板上，旁边是大炮，上边是帆布，人又湿又冷又饿。我开始胡思乱想，我可以想凯瑟琳，但是我也知道，我这样想她会想得发疯的，因为我还没有再见到她的把握，所以我不敢想她，只能偶尔想想。帆布上漏进一点光来，我仿佛是和凯瑟琳一同躺在火车的车板上。因为离别时间太久了，我内心寂寞，孑然一身，便想她了。

愤怒在河里被洗掉了，所有义务和责任也一同洗掉了。其实我的义务在宪兵伸手抓我衣领时就停止了。我是不拘外表形式的，但我倒很想把这军装脱掉。我已把袖管上的星章割掉了，那只是为了便利起见，与荣誉无关。我并不反对他们，我只是洗手不干了，我祝他们万事如意。世界上还有善良的人，勇敢的人，冷静的人和明智的人，他们是应该得到荣誉的。但是这已经不是我的战争，我只盼望这该死的车早点开到美斯特列，可以吃点东西，停止胡思乱想——我非停止不可。

皮安尼会告诉他们我被枪毙了。他们要搜查被枪毙的人的口袋，拿走证件。人家可没拿到我的证件，他们也许会说我淹死了。美国方面不晓得将接到什么消息，大概是因伤及其他原因而死亡吧。我真饿啊。从前在食堂里一同吃饭的那个教士，现在不晓得怎么样了。还有雷那蒂，他大概在波达诺涅——如果他们没有退得更远的话。嗯，我今后再也看不到他了。他们这些人我都看不到了。

我生来不会多想，我只会吃。我的上帝啊，我多想和凯瑟琳在一起呀。

大清早天还没亮时，火车放慢速度，准备开进米兰车站，我赶快跳下了车子。我跨过铁轨，穿过一些建筑物，走到街道上。有家酒吧开着，我便进去喝杯咖啡。我站在吧台边喝杯咖啡，吃了一片面包。店主看着我说：

"来杯格拉巴酒吗？"

"不，谢谢。"

"就算我请客，"他说，倒了一小杯，推过来，"前线怎么样？"

"我哪会知道。"

"我看见你翻墙过来的。你刚下火车。"

"前线在大撤退。"

"报纸我也看的。究竟怎么啦？是不是结束了？"

"那不见得吧。"

他从一只矮瓶子里再倒了一杯格拉巴酒。"要是你有什么困难，"他说，"我可以收留你。"

"住什么地方呢？"

"就在这屋子里，许多人住在这里。凡是有困难的人，都可以住在这里。”

“今天早上我有事，我把这地址记下，以后再回来。”

“看你这样说，你是不会回来的。但我倒以为你有麻烦。”他一脸严肃，接着说：“你别穿这件军装到处走。”

“为什么？”

“袖管上割掉星章的地方，人家看得清清楚楚。”

我一声不响。

“你要证件的话，我可以给你弄。”他说。

“什么证件？”

“休假证。”

“要多少钱？”我问。

“这要看是哪一种证件，价钱很公道的。”

“不过我现在不需要。”

他耸耸肩。接着，我上了街。

我故意避开车站，因为那儿驻有宪兵。我在小公园边找到一部马车。我到了曾经住过的医院，见到了门房，向他打听巴克莱小姐的消息。门房告诉我说，两天前她和另一个护士上施特雷沙去了。

随后，我去了西蒙斯家。西蒙斯是我学唱歌时的朋友。我见到他时，他还在床上睡觉。

“这撤退究竟是怎么一回事啊？你是不是在前线？”他问。

“我陷入困境了，西姆。”我说。

“我也是，”他说，“我经常陷入困境。”

“到瑞士去要办什么手续？”我问。

“你吗？意大利人根本不会让你出国境。”

“是的，这我知道。但是瑞士人呢，他们怎么样？”

“他们会拘留你。你为什么问？你是要逃避警察吗？”

“还不大清楚。”我说。

“你不想告诉我就不必说。你怎么离开那该死的前线的？”

“我再也不干了。”

“好小子，我一向知道你是有头脑的。有没有我可以帮上忙的地方？”

“我想上施特雷沙去。”

“好，有只船去。要是我不演出的话，就陪你去。”

我穿上平民服装，觉得好像是个参加化装舞会的人。军装穿久了，现在身子不再裹得紧紧的，一下子松松垮垮。我在米兰买了一张到施特雷沙去的车票，期待自己能早点到那儿。

到车站时，我等待旅馆兜揽生意的伙计，但是一个都没有出现。旅游季节早已过了，没人来接火车。我提着小提包下了火车，这小提包是西姆的，提起来很轻，因为里边没有什么东西，只有两件衬衫。我在车站屋檐下躲雨，看着火车开走了。我在站上找了个人，问他什么旅馆还在开业。问完后，我上了旅馆。旅馆十分奢华。在那里可以喝到凉爽、纯净的马丁尼酒。

“你穿着平民服装在这儿做什么？”酒保给我调好了第二杯马丁尼酒后，问道。

“休假，疗养休假。你可曾见到城里来了两位英国姑娘？她们是前天才到的。”我迫不及待地问。

“她们不住这旅馆。”

“两人都是护士。”

“我倒见过两位护士。等一等，我给你打听去。”

“其中有一位是我的妻子，”我说，“我特意上这儿来会她。”

他去了好一会儿。我在那里等着他打听消息的结果。

他打听一番后回来说：“她们住在车站附近的小旅馆里。”

我谢了他，聊了会儿，就去找那个小旅馆了。当我找到时，凯瑟琳和弗格逊正在吃晚饭。我站在门廊上，看见她们坐在饭桌边。凯瑟琳的脸背对着我，我看得见她头发的轮廓、她的面颊、她那可爱的脖子和肩膀。弗格逊正在说话，她一看见我进来就停了嘴。“我的上帝啊！”她说。

凯瑟琳转身看到了我，她的脸孔马上变得光亮起来，她快乐得好像不敢相信这是真的。我亲亲她，凯瑟琳红了脸，我就在桌边坐下。她目不转睛地看着我，无比快乐幸福的样子。

“你为什么穿便装？”弗格逊问。

“我现在进入内阁了。”

“你一定出事了。”

“高兴起来吧，弗基。稍微高兴一点。”

“我看见你可不觉得高兴。我知道你给这姑娘找的麻烦，见到你这人可没法叫我愉快。”

“没有人给我找什么麻烦，弗基。是我自己找的。”

凯瑟琳对我笑笑，在桌下用脚踢了我一下。

“他叫我受不了，”弗格逊说，“他对你一无好处，只是用他那套鬼鬼祟祟的意大利伎俩毁了你。美国人比意大利人更坏。整个夏天你和凯瑟林谈恋爱，还让她怀孕，现在是不是想溜走呢？”

我对凯瑟琳笑笑，她也对我笑笑。“我们一块儿溜走。”她说。

“你们俩真是一路货。”弗格逊说。接着，她开始责备我们背着她恋爱、怀孕。她又是哭，又是闹，还要赶我们走，搞得情绪很不好。

不过能见到凯瑟琳，我已经很高兴了。窗外下着雨，房间里则灯光明亮，欢乐愉快，我和凯瑟琳又在一起了。那时的心情，好比我们回了家，不再感觉孤独、寂寞、害怕。

当我第二天早晨醒来时，凯瑟琳还睡着，阳光从窗口照进房来。雨已经停了，我下床走到窗口。窗下有一片花园，虽然现在草木凋零，但仍旧整齐美丽，有沙砾小径、树木、湖边的石墙和阳光下的湖，湖的另一边层峦叠嶂。我站在窗边望了一会儿，等我掉转头来时，凯瑟琳已经醒了，正在看我。

“你好啊，亲爱的！”她说，“天气不是好得可爱吗？”

“很好。我们过了一个可爱的夜晚。”

“你要看报吗，报上有战事的消息。”

“不！”我说，“现在我不看了。”

“我当初和你在一起，多少还能知道一点战争的消息，现在怎么啦？”

“等我脑子里搞清楚以后再告诉你吧。”

“人家发现你不穿军装，不会逮捕你吗？”

“大概要枪毙我。”

“那我们不能待在这里。我们要出国去。”

“这我也曾考虑过。”

“我们还是出国吧。亲爱的，你不该这样胡乱冒险。告诉我，你怎么从美斯特列到米兰的？”

“乘火车。那时候我还穿军装。”

“那时你没危险吗？”

“没多大危险。我本来有本旧的调动证。我在美斯特列把日期改过了。”

“亲爱的，你在这儿随时都有被捕的危险。我不能让你这样，这么做太傻了。倘若人家把你抓了去，我们怎么办呢？”

“这事别去想啦。我已经想得厌倦了。”

“要是人家来逮捕你，你怎么办呢？”

“我会开枪。”

“你瞧你多么傻！除非我们真的要走，我不让你走出这旅馆一步。”

“那么我们到哪儿去呢？”

“请你别这样，亲爱的。你说什么地方，我们就上什么地方去。请你立刻找个可以去的地方。”

“湖的北边是瑞士，我们就上那儿去吧。”

“那样好极了。”

外面阴云密布，湖上阴暗下来。

“我希望我们不至于老是过着逃犯的生活。”我说。

“亲爱的，别这样。你过逃犯的生活还没有多久。况且我们不会永远像逃犯那样生活的。我们将过快活的日子。”

“我觉得自己像是个逃犯——我是从军队里逃出来的。”

“亲爱的，请你不要乱讲，那不算逃兵。我要给你找个地方，人家没法逮捕你，然后我们就可以快活幸福地过日子了。”

第十一章

我们在施特雷沙度过了一段美好的时光，我几乎天天和凯瑟琳在一起。我还见到了昔日的老朋友葛雷非伯爵。他是一位九十四岁的老人，但举止优雅，依然喜欢练习打弹子。他知道我在施特雷沙后，就来找我，并约我去练习打弹子。除此之外，我刚到施特雷沙认识的旅馆的酒保常约我去钓鱼。我们边喝酒边钓鱼，日子过得相当自在。

可就在这时候，一天夜里，风大雨大，有人来敲门。原来是酒保来了。他披着大衣，手里拿着湿帽子。

“出事了，中尉。”他说，“很严重的事。”

我向四下张望了一下。“进来。”我说着搀住他的胳膊走进房间，锁上了门。“什么事，埃米利奥？你出事了吗？”

“不。是你出事了，中尉。”他接着说，“他们明天早上要来逮捕你。我进城的时候，在一家咖啡店里听见他们讲的。”

“原来是这样。”我有点呆住了。

他站在那儿，大衣湿淋淋的，手里拿着他那顶湿帽子，一声不响。

“他们为什么要来逮捕我呢？”我问，“你知道是什么事吗？”

“不知道。我只知道他们知道你从前到这儿来过，你是个军官，现在到这儿来没穿军服。这次撤退以后，他们什么人都逮捕。”

“你说我该怎么办呢？”我问。

“被逮捕了总是不好，到瑞士去吧。”

“怎么个去法呢？”

“乘我的船。”

“外边有暴风雨。”

“暴风雨过去了。风浪是有的，不过你们不会有问题的。”

“我们什么时候走呢？”

“马上就走。他们也许一大清早就来抓人。”

“我们的行李呢？”

“那就收拾吧，你叫尊夫人穿好衣服，行李由我负责。”

凯瑟琳醒了，知道了事情后，帮我迅速整理行李，然后就动身。

外面是黑夜。我看不见湖，只有黑暗和雨，风倒安静了下来。我们到了湖边，我扶凯瑟琳上了船。她坐在船尾，把身上的披肩裹得紧紧的。

“去什么地方你知道吗？”

“到湖的北边去。”

“你知道有多远吗？”

“要过卢易诺。”

“要过卢易诺、坎纳罗、坎诺比奥、特兰萨诺。你得到了勃里萨哥才算进入瑞士国境。你得穿过塔玛拉山。”

“现在几点钟了？”凯瑟琳问。

“还只十一点。”我说。

“倘若你不停地划，早上七点钟应当可以到达那边了。”

“有这么远吗？”

“三十五公里。”

“我们怎么走呢？下这样的雨，我们非有指南针不可。”

“用不着。你先把船划到美人岛，随后到圣母岛的另一边，就可以顺着风走了，风会把你带到巴兰萨的。你会看见岸上的灯光，然后挨着岸往北走。”

“真是非常感谢你。”我们对酒保说。

“祝你们好运，”酒保说，“你们准备好了吗？”

“好了。”

他弯下身把船推离岸边，我用双桨在水里划。我看见旅馆的灯光，赶快把船直划出去。湖上波涛汹涌，不过我们正是顺风。

我们在黑暗中划船，风一直刮着我们的脸。天很黑，风又冷。我看得见坐在船尾的凯瑟琳，但是看不见桨身入水的地方。桨很长，我轻松地划着。在黑暗的湖面上，我什么也看不见，只希望早一点到达对面的巴兰萨。

我们始终没看到巴兰萨。风在湖面上刮着，我们在黑暗中错过了遮蔽巴兰萨的小岬，所以根本没看见巴兰萨的灯火。等我们最后在湖上更靠近北岸的地方看到灯光时，已是印特拉了。但是未到印特拉以前，我们在黑暗中摸索了许久，既不见灯光又不见岸，只好在黑暗中顺风破浪，不断划桨。

“我们过了湖了。”我对凯瑟琳说。

“我们不是要先看见巴兰萨吗？”

“我们错过了。”

“我来划一会儿吧。”她说。

“不，我能行。”

“可怜的弗格逊，”凯瑟琳说，“今天早晨她上旅馆来，可找不到我们了。”

“这我倒不担心，”我说，“怕的是在天亮前进入瑞士境内的湖面时被税警撞见。”

“还远吗？”

“离这儿有三十来公里。”

我整夜划船。到后来我的手疼极了，几乎在桨柄上合不拢。我们好几次差一点在岸边把船撞破。我让船相当挨近岸走，是因为害怕在湖中迷失方向，耽误时间。雨停了，风赶开云朵，月亮溜了出来。我回头一望，望得见那黑黑的长岬卡斯达诺拉、那白浪翻腾的湖面和湖后边雪峰上的月色。后来云又把月亮遮住，岸上的景物看得太清楚了，我连忙又往外划，因为巴兰萨公路上可能有税警，免得他们看到。月亮再出来时，我们看得见湖滨山坡上白色的别墅和一排排树木间露出来的白色公路。我时时都在划船。湖面越来越宽了，对湖山脚下有些灯光，那地方应该是卢易诺了。我划得非常非常疲乏了，我的胳膊、肩膀和背部都在发痛，我的手也很疼。

“休息一下，喝一口酒。这真是个良宵，我们已经赶了不少路啦。”我说。

“我给你倒杯酒来，然后休息一下，亲爱的。”她说。

凯瑟琳打开小提包。把白兰地瓶递给我，用怀刀挑开瓶塞，喝了一大口。酒味醇厚，热辣辣的，热气透过全身，叫我觉得温暖愉快。“这是很好的白兰地。”我说。月亮又躲在云后边去了，但是我看得见湖岸。

前头好像又有个小岬，深深伸入湖面。“你身体够暖和吗，凯瑟琳？”

“我挺好。只是稍微有一点僵硬。我们到哪儿了？”

“照我想，顶多还有八公里了。”

“划起来可不少路啊，可怜的宝贝，你累死了吧？”

“不，我还行，只是手痛罢了。”

我继续在湖上朝北划。我确实累了。

“我来划一会儿吧。”凯瑟琳说。

“好，那你就适度地划一会儿吧。”

我坐在船尾，披上大衣，翻起衣领，看凯瑟琳划船。她划得很好，只是双桨太长，很不顺手。我打开小提包，吃了两块三明治，喝一口白兰地，这一来精神为之一振，我又喝了一口酒。随后我让凯瑟琳休息，我又开始划了。慢慢地，天似乎要亮了。这时，我们看到湖面上有一艘小汽艇，我赶忙划船靠岸，静悄悄地伏在那儿。汽艇尾部有四名税警，他们看上去还昏昏欲睡的样子。汽艇经过我们的藏身处，在雨中隐没了。我把船朝湖中划。如果我们离边境很近了，我就不愿让湖滨公路上的哨兵来喝住我们。我把船划到刚刚望得见岸的地方，在雨中划了三刻钟。我们又听见汽艇声，我连忙把船停下来，一直等到引擎声在湖的那一边消失为止。

“我们大概已经在瑞士了。”凯瑟琳说。

“我们如果真的到了瑞士，就来好好地吃一顿早餐吧。瑞士有非常好的面包卷、黄油和果酱。”

现在天色已经大亮了，又在下着纷纷细雨。湖的北面还刮着风，白浪正朝我们这边翻腾似的打来。现在我有把握的确到达瑞士了。湖滨树木后边有许多房屋，离岸不远处还有一个村子，村子里有些石头房屋，小山上有些别墅，还有一座教堂。我看到一名士兵从路边一家咖啡店走出来。他身穿灰绿色的军装，帽盔像是德国兵的。他望着我们。“对他招招手。”我对凯瑟琳说。她招招手，那士兵不好意思地笑笑，也招招手。我放慢了划船的速度。我们正经过村前的滨水地带。“我们一定已经深入瑞士境内了，”我说，“我相信这就是勃里萨哥。”

“这里会不会同时也驻有意大利军警？在有海关的边城，通常驻有两国的军警。”

“战时不会。照我想，他们不会让意大利人过边境来的。”那是个相当好看的小城。沿着码头泊着许多渔船，渔网摊在架子上。虽然下着细雨，小城看起来还是很干净而令人愉快。

“那我们上岸去吃早点吧？”我用力划桨，贴近湖岸，当船挨近码头时，我把船打横，靠上码头。我收起桨来，抓住码头上的一个铁圈，脚往湿淋淋的石码头上一踏，算是踏上了瑞士的国土。我系好船，伸手下去拉凯瑟琳。

“上来吧，凯瑟琳。这太让我愉快了。”

“行李呢？”

“留在船上好啦。”

凯瑟琳走了上来，我们两人都在瑞士了。

“一个多么可爱的国家啊！”她说。

“岂不是挺好吗？”

“我们走，吃早点去！”

我们走进一家咖啡店，在一张干净的木桌边坐下来。我们兴奋得如痴如醉。一位神气十足、模样干净、围着围裙的妇人前来问我们要吃什么。我们吃了烤面包，还有煎蛋。这可真是美味极了。

吃过早点后，有士兵看到了我们并开始盘问。

“这是你们的船吗？”有名士兵问。

“是的。”

“你们从哪儿来？”

“从湖上来。”

“那我得请你们跟我一块儿去了。”

士兵押着我们进了一处古老的海关。海关里有一名尉官，他开始盘问我们。

“你们是什么国籍？”

“美国和英国。”我们给他看了护照。

他查验了好久。“你们为什么这样划着船到瑞士来？”

“我是个运动家，”我说，“划船是我所擅长的运动。我一有机会就划船。”

“你为什么上这儿来？”

“为了冬季运动。我们是游客，我们想玩冬季运动。”

“这儿可不是冬季运动的地方。”

“我们知道。我们要到有冬季运动的地方去。”

“你们在意大利做什么？”

“我在学建筑；我表妹研究美术。”

“你们为什么离开那边呢？”

“我们想玩冬季运动。现在那边在打仗，没法学建筑。”

“请你们在这里等一等。”尉官说。他拿着我们的护照到里面去了。

“你真行，亲爱的。”凯瑟琳说，“你就这样子讲下去好啦。你尽管说你想玩冬季运动。”

“美术的事你知道一些吧？”

“知道一些。”凯瑟琳说。

“他来了。”我说。那尉官拿着我们的护照从海关屋子的另一头走过来。

“我得把你们送到洛迦诺去，”他说，“你们可以找部马车，由一名士兵和你们一块儿去。”

“好，”我说，“船呢？”

“船没收了。你们的提包里有什么东西？”

“没什么东西，你可以检查。”

他很认真地检查了两只提包，然后把一夸脱瓶装的白兰地拿在手里。

“赏光喝一杯吧？”我问。

“不，谢谢，”他挺直身子，“你身上有多少钱？”

“二千五百里拉。”

“你表妹呢？”

“一千二百多里拉。”

“倘若你想玩冬季运动，”他说，“文根可是个好地方。我父亲在那儿开了一家上好的旅馆，四季营业。”

“好极了，”我说，“你可否告诉我旅馆的名字？”

“我给你写在一张卡片上吧。”他很有礼貌地把卡片递给我。“士兵将把你们送到洛迦诺，你们的护照由他保管。对此我很抱歉，不过手续上非这么办不可。我相信到了洛迦诺，会给你们一张签证或者一张警察许可证。”

他把两份护照交给士兵，我们拎着提包到村子里去叫马车。“喂，”尉官叫住那士兵，用德语对士兵讲了些什么。士兵把枪背上，过来替我们拿行李。

我们乘马车到洛迦诺，士兵和车夫一同坐在车前的座位上。到了洛迦诺，人家待我们还好。他们盘问了我们，可是客客气气，因为我们有护照又有钱。我们所答的话他们大概不全相信，我觉得全是胡闹。不过我们有护照，又愿意花钱，他们于是给了我们临时签证。这种签证随时可以吊销。我们不管到什么地方，都得到警察局报到一下。

“我们随便什么地方都可以去吗？”我们问。

“是的。你们要上哪儿去呢？”一位接待我们的官员回答说。

“蒙特勒。”凯瑟琳回答说。

“那是个很好的地方，”官员说，“我想你们一定会欢喜那地方的。”

“洛迦诺这儿也很好，”另外一位官员说，“我相信你们一定会喜欢这地方的。洛迦诺是个很吸引人的胜地。”

“我们想找个有冬季运动的地点。”凯瑟琳说。

“蒙特勒没有冬季运动。”

“对不起，”另外一位官员说，“我是蒙特勒人。在蒙特勒—伯尔尼高原铁路沿线当然有冬季运动。你要否认就错啦。”

“我并不否认。我只是说蒙特勒没有冬季运动。”随后他们俩争论了起来。不过我们对他们的争论没兴趣，凯瑟琳说我们还是决定上蒙特勒去。

第十二章

“你为什么会挑选蒙特勒呢？”我问凯瑟琳，“你果真想到那儿去吗？”

“我当时第一个想得起来的就是这个地名，”她说，“那地方不错。我们可以在高山上找个地方住。”

于是我们去了蒙特勒。那年秋天的雪下得很晚。我们住在山坡上松树环绕的一幢褐色木屋里。主人戈丁根太太每天一大早就进房来，把窗子关好，在那高高的瓷炉中生起火来。

在外边，我们这农舍式别墅前，有一条上山的路。车辙和两边隆起的地方被冰霜冻得像铁一样坚硬，山道不断地一路上坡，穿过森林，上了高山，盘来绕去，到了有草地的地方。草地那儿的树林边有些仓房和木屋，俯瞰着山谷。山谷很深，谷底有一条小溪流进湖中，有时风从山谷那边吹来，我们能听见岩石间的淙淙流水声。

我们有时离开山道，转上穿过松林的小径。森林里的地面走起来软绵绵的，冰霜还没把它冻得像山路那么坚硬。在我们的屋前，高山峻峭地倾落到湖边的小平原，我们坐在门廊的阳光下，看着山道弯曲地顺着山坡延伸下去，还有低一点的山坡上的梯田式葡萄园。我们过着快乐的幸福生活。

我们在蒙特勒一个人也不认识。但渐渐地，我们融入了当地的生活。时间在慢慢消逝，凯瑟琳的肚子慢慢大了起来。到了第二年的三月，天气还是比较寒冷。我问凯瑟琳要不要从山上搬下来，搬到城里住。因为小凯瑟琳快要出生了。

“为什么不索性上洛桑去？医院就在那儿啊。”凯瑟琳说。

这主意不错。我们从蒙特勒搭火车到洛桑，然后在一家中型旅馆住下。我随手翻看了下报纸，那是1918年的3月，德军在法国的总攻击已经开始了。我边喝威士忌苏打边读报，凯瑟琳则收拾着打开的行李，在房里走来走去。

“你知道我有些东西得准备了。”她说。

“什么？”

“婴儿的衣服。到我这时期还不准备的人是很少的。”

“去买好了。”

“我知道，明天就去买。我得打听该备些什么。”

我们在这家旅馆住了三星期，过得还算不错。凯瑟琳也上城里买了婴儿用的东西，我则跑到拱廊商场一家体育馆去练练拳击。

有一天凌晨，我三点钟左右醒来，听见凯瑟琳在床上翻来翻去。我问她怎么啦，她说肚子阵阵疼痛。于是，我们赶紧上医院。

到了医院，我提着拎包。有个护士坐在一张桌子边，她在一本簿子上写下凯瑟琳的姓名、年龄、地址、亲属、宗教信仰等。她报的姓名是凯瑟琳·亨利。

“我带你到你的房间去。”她说。我们乘电梯上去。她停了电梯后，领着我们走下一条走廊。凯瑟琳紧紧地抓住我的胳臂。

“就是这房间。”那护士说，“请你脱衣服上床吧。这里有件睡衣给你换。”

我走出去，坐在走廊上的一张椅子上。

“你现在可以进来了。”过了一会儿，那护士站在门口说。

凯瑟琳躺在一张窄床上，穿着一件方领的朴素的睡衣。她对我笑笑，说：“我现在好痛。”“医生呢？”我问那护士。

“他正在睡觉。用得着他时他就会来的。初次分娩通常时间拖得很长。”她说。

“你去吃点东西吧，”凯瑟琳说，“我没事，这护士很好。”护士在产房里帮她做各种准备，而我又不能帮上忙，于是她叫我去吃点东西再回来。

“那我就走吧。再会，亲爱的。”

外边天亮了。我顺着空空的街道走到一家咖啡店。有个老人给了我一杯白葡萄酒和一只奶油蛋卷。

我吃了早点后回到医院，到了凯瑟琳的房间。房间里空无一人，只有凯瑟琳的拎包还搁在一张椅子上，的睡衣挂在墙上的一只钩子上。我走出房去，顺着走廊找人，找到了一名护士。

“亨利太太在哪儿？”

“有位夫人刚进接生间去。”

“接生间在什么地方？”

她领我走到走廊的尽头。那房间的门半开着，我看见凯瑟琳躺在一张台子上，盖着一条被单。护士站在台子的一边，另一边站着医生，医生的旁边有些圆筒。医生手里拿着一个一头通一根管子的橡皮面罩。

“我给你件白大褂，你可以进去。”护士说。

“你是亨利先生吗？”医生问。

“是的。情况怎么样，医生？”

“情况很好，”医生说，“我们上这儿来，为了上麻醉药，减轻产痛，比较方便。”

我们上医院是在早上三点左右。到了中午，凯瑟琳还在接生间里。产痛又消退了。看她样子非常疲乏，但是情绪还是好的。

“我一点也不中用，亲爱的，”她说。“很对不起。你看这孩子能生得出来吗？”她问。“当然生得出来。”我说。

“我拼命想生，把孩子往下挤，但是它溜开了。又来了。给我上麻药啊。”

可怜的好凯瑟琳啊。天都黑下来了，她还处于痛苦中，还是没生出来。我为她担心了，倘若分娩死掉怎么办，我的好凯瑟琳？她不会死的，她只是难受一阵子罢了。我希望是这样。

医生走进房来。

“有什么进展吗，医生？”

“没有进展。”他说，“现在有两个办法：一种是用产钳，但是会撕裂皮肉，相当危险，况且对婴儿可能不利，还有一种就是做剖腹手术。”

“剖腹手术有什么危险？”

“危险性并不比普通的分娩大。”

“那就趁早动手术吧。”我说。

“我去吩咐做准备。”

我走进接生间。护士陪着凯瑟琳，凯瑟琳正躺在台子上，被单下肚子高突出来，人很苍白疲惫。

一两个小时后，孩子被剖腹取了出来，是个男孩，有五公斤重。我看到孩子时，没一点当父亲的感觉。

“这儿子你不觉得骄傲吗？”护士问。

“不，”我回答，“他差一点要了他妈妈的命。”

我急着去看凯瑟琳。“她人怎么样？”我问医生。

“她没事。”医生也神情疲惫。

过了一会儿，他们把有轮的担架推出来，迅速推下走廊，进了电梯。我也跟了进去。凯瑟琳在哼叫。“亲爱的，”她说，“是男是女？”

“是个男孩，又胖又黑。”

“他没事吧？”

“没事，”我说。“他很好。”

“别讲话了。”护士说，“你应该出去，亨利夫人不应当讲话。”

“我在外边等吧。”我说。

“出去搞点东西吃吧。”

“不，我就在外边等。”我吻吻凯瑟琳。她人很苍白，很虚弱，很疲乏。

“我可以同你讲句话吗？”护士出来后跟我说。

“怎么啦？”我问。

“男婴没活下来。”

“他死了吗？”

“他们没法让他开始呼吸。大概是脐带缠住了他的脖子。”

我找张椅子坐下，眼前一片黑暗——原来是这么一个结局。孩子居然死了。可怜的小孩子呀，离开母亲的怀抱就死了。我很沮丧，几乎要哭了，我就这么坐在走廊上。护士又进了凯瑟琳的房间，而且没有出来，所以过了一会儿我便走到门边去，悄悄地开了门，探进头去。凯瑟琳的头靠在枕头上，她那被单下的身体平平的。护士把手指放在嘴唇上，然后站起身走到门边来。

“她怎么样？”我问。

“她没事。”护士回答，“你该去吃晚饭，饭后就回来。”我走下长廊，下了楼梯，出了医院的门，走上雨中的黑暗街头，找家咖啡馆填饱肚皮。当我回来时，护士在走道上碰到了我。

“我刚打电话到旅馆去找你。”她说。

“出了什么事？”

“亨利夫人刚出过血。”

“有危险吗？”

“很危险。”护士走进房去，把门关上。我坐在外边走廊上。心里万念俱灰。我不敢想，我祈祷要她别死，别让她死。哦，上帝啊，我求求你别让她死！只求你别让她死，我什么都答应。亲爱的上帝，别让她死。我求求你，求求你，求求你别让她死……

护士开了门，用手示意我进去。我跟她进入房间，我俯伏在床上哭了起来。

“你没事吧，宝贝？”我说，“你会好起来的。”

“我就要死了。”她说，过了一会儿又说，“我憎恨死。”我抓住她的手。

“你有什么事要我做的吗，亲爱的？”我伏在她身边问。

凯瑟琳笑笑，“没有。”

“亨利先生应当出去了。你不会死的。”医生说。

我在走廊上焦急地等待着。等了好久。护士出门来，向我走来，对我说：“她失去了知觉。”

她一次接着一次地出血。他们没法止血。我走进房去，陪着凯瑟琳，直到她死去。

“手术是唯一的办法，”医生抱歉地说，“手术证明……”

“我不想谈这件事。”我说，“你们都出去吧。”

我赶走了他们，关了门，灭了灯。我在跟我的凯瑟琳告别，那简直像是在跟石像告别。过了一会儿，我走出房间，离开了医院，在雨中向旅馆走去……

老人与海

《老人与海》是一首田园诗，大海就是大海，不是拜伦式的，不是麦尔维尔式的，好比荷马的手笔：行文又沉着又动人，犹如荷马的诗。真正的艺术家既不象征化，也不寓言化——海明威是一位真正的艺术家——但是任何一部真正的艺术品都能散发出象征和寓言的意味，这一部短小而不渺小的杰作也是如此。

———美国艺术史家贝瑞孙

由于他精湛的小说艺术——这在其近著《老人与海》中有充分表现——同时还由于他对当代文体的影响。

———获得诺贝尔文学奖评语

老人与海

他是个孤独的钓鱼老人，至今已去了八十四天，一条鱼也没钓到。头四十天里，有个男孩子跟他在一起。可是，过了四十天还没捉到一条鱼，孩子的父母不让他再跟着老人了，认为跟着老人准没好运气。于是孩子听从了他们的吩咐，上了另外一条船，头一个礼拜就捕到了三条好鱼。孩子看见老人每天回来时船总是空的，感到很难受，他总是走下岸去，帮老人拿卷起的钓索什么的。

老人消瘦而憔悴，腮帮上有些褐斑，那是太阳在热带海面上反射的光线所引起的良性皮肤癌变。褐斑从他脸的两侧一直蔓延下去，他的双手常用绳索拉大鱼，留下了刻得很深的伤疤，但是这些伤疤中没有一块是新的。他身上的一切都显得古老，除了那双眼睛——它们像海水一般蓝，是愉快而不肯认输的。

“圣地亚哥，”他们俩从小船停泊的地方爬上岸时，孩子对他说，“我又能陪你出海了。我家挣到了一点钱。”

老人教会了这孩子捕鱼，孩子喜欢他。

“不，”老人说，“你遇上了一条交好运的船。跟他们待下去吧。”

“不过你该记得，你有一回八十七天钓不到一条鱼，接着三个礼拜，我们每天都钓到了大鱼。”

“我记得，”老人说，“我知道你不是因为没信心才离开我的。”

“是爸爸叫我走的。”

“我明白，”老人说，“理应如此。”

他们坐在饭店的露台上，不少渔夫拿老人开玩笑，老人并不生气。另外一些上了些年纪的渔夫望着他，感到难受。当天打鱼得手的渔夫都已回来，把大马林鱼剖开，整片排在两块木板上，每块木板由两个人抬着，摇摇晃晃地送到收鱼站，在那里等冷藏车来把它们运往哈瓦那的市场。逮到鲨鱼的人们已把它们送到海湾另一边的鲨鱼加工厂去，吊在复合滑车上，除去肝脏，割掉鱼鳍，剥去外皮，把鱼肉切成一条条，以备腌制。

“圣地亚哥。”孩子又叫。

“哦。”老人回答。他正握着酒杯，思量好多年前的事情。

“要我去弄点沙丁鱼来给你明天用吗？”

“不。打棒球去吧。我划船还行，罗赫略会给我撒网的。”

“我很想去。即使不能陪你钓鱼，我也很想给你多少做点事。”

“你请我喝了杯啤酒。”老人说，“你已经是个大人啦。”

“你头一回带我上船时，我有多大？”

“五岁，那天我把一条活蹦乱跳的鱼拖上船去，它差一点把船撞得粉碎，你也差一点送了命。还记得吗？”

“我记得鱼尾巴砰砰地拍打着，船上的座板给打断了，还有棍子打鱼的声音。我记得你把我朝船头猛推，那儿搁着湿漉漉的钓索卷，我感到整条船都在颤抖，听到你用棍子打鱼的声音，像在砍一棵树，还记得我浑身上下都是甜丝丝的血腥味。”

“你当真记得那回事儿，还是我不久前刚跟你说过？”

“打从我们头一回一起出海时起，什么事我都记得清清楚楚。”

老人用他那双常遭日晒而目光坚定的眼睛爱怜地望着他。

“如果你是我的小孩，我准会带你出去闯一下，”他说，“可是你不是我的小孩。”

“我去弄沙丁鱼来好吗？我还知道上哪儿去弄四条鱼饵来。”

“一条。”老人说。他的希望和信心从没消失过。

“两条。”孩子说。

“就两条吧，”老人同意了。“你不是要去偷吧？”

“我愿意去偷，”孩子说，“不过这些是买来的。”

“谢谢你了，”老人说，“看这海流，明天会是个好日子。”

“你打算上哪儿去？”孩子问。

“驶到远方去，等转了风再回来。我想天亮前就出发。”

“我们把家什拿回家去吧，”孩子说，“这样我就可以拿渔网去逮沙丁鱼。”

他们从船上拿起打鱼的家什。老人把桅杆扛上肩头，孩子拿着里面放着编得很紧密的褐色钓索卷的木箱、手钩和带杆子的鱼叉。盛鱼饵的匣子藏在小船的船艄下面，那儿还有那根在大鱼被拖到船边时用来制服它们的棍子。谁也不会来偷老人的东西，不过还是把桅杆和那些粗钓索带回家去的好，因为露水对这些东西有害。再说，尽管老人深信当地不会有人来偷他的东西，但他认为，把一把手钩和一支鱼叉留在船上实在是不必要的引诱。

他们顺着大路一起走到老人的窝棚，从敞开的门走进去。老人把绕着帆的桅杆靠在墙上，孩子把木箱和其他家什搁在它的旁边。窝棚里面有一张床、一张桌子、一把椅子，泥地上有一处用木炭烧饭的地方。

在用纤维状结实的棕榈叶展平了叠盖而成的褐色墙壁上，有一幅彩色的《耶稣圣心图》和另一幅《科布莱圣母图》，这是他妻子的遗物。墙上一度挂着一幅他妻子的彩色照片，但他把它取下了，因为看了觉得自己太孤单了。它如今在屋角的搁板上，在他的一件干净衬衫下面。

“有什么吃的东西吗？”

“有一锅鱼煮黄米饭。要吃点吗？”

“不，我回家去吃。要我给你生火吗？”

“不用，过一会儿我自己来生。也许就吃冷饭算了。”

“我把渔网拿去好吗？”

“当然可以。”

其实并没有渔网，孩子还记得他们是什么时候把它卖掉的。然而他们每天要扯一套这种谎话。也没有什么鱼煮黄米饭，这一点孩子也知道。

“八十五是个吉利的数字。”老人说，“你想不想看到我逮到一条净重一千多磅的鱼？”

“我拿渔网捞沙丁鱼去。你坐在门口晒晒太阳可好？”

“好吧。我有张昨天的报纸，我来看看棒球消息。”孩子不知道昨天的报纸是不是也是编造的，但是老人把它从床下取出来了。

“佩里科在酒馆里给我的。”他解释说。

“我弄到了沙丁鱼就回来。我要把你的鱼跟我的一起用冰镇着，明天早上就可以分着用了。等我回来了，你告诉我棒球消息。”

“好。”

等孩子回来的时候，老人在椅子上熟睡着，太阳已经落下去了。孩子从床上捡起一条旧军毯，铺在椅背上，盖住了老人的双肩。老人的衬衫上不知打了多少次补丁，弄得像他那张帆一样，这些补丁被阳光晒得褪成了深浅不同的颜色。老人非常苍老，眼睛闭上后，脸上就一点生气也没有。报纸摊在他膝盖上，在晚风中，靠他一条胳臂压着才没被吹走。他还光着脚。

孩子离开老人走了，等他回来时，老人还在熟睡着。

“醒来吧，老大爷。”孩子说，一手搭上老人的膝盖。老人张开眼睛，他的神情仿佛在微笑着。

“你拿来了什么？”他问。

“晚饭，”孩子说，“我们一起来吃吧。”

“我肚子不大饿。”

“得了，吃吧。你不能只打鱼，不吃饭。”

“我就这样干过，”老人说着，站起身来，拿起报纸，把它折好，又动手叠毯子。

“把毯子披在身上吧，”孩子说，“只要我活着，你就绝不会不吃饭就去打鱼。”

“这么说，祝你长寿，多保重自己吧，”老人说，“我们吃什么？”

“黑豆饭、油炸香蕉，还有些炖菜。”

孩子是把这些饭菜放在双层饭盒里从露台饭店拿来的。他口袋里有两副刀叉和汤匙，每一副都用餐巾纸包着。

“这是谁给你的？”

“马丁老板。”

“我得去谢谢他。”

“我已经谢过啦，”孩子说，“你用不着去谢他了。”

“我要给他一块大鱼肚子上的肉，”老人说，“他这样帮助我们好像不止一次了吧？”

“我想是这样。”

“这样的话，我该在鱼肚子肉以外，再送他一些东西。他对我们真关心。”

“他还送了两瓶啤酒。”

“我喜欢罐装的啤酒。”

“我知道。不过这是瓶装的，阿图埃牌啤酒，我还得把瓶子送回去。”

“你想得真周到，”老人说，“我们就吃好吗？”

“这我已经问过你啦，”孩子温和地对他说，“不等你准备好，我是不会打开饭盒的。”

“我准备好啦，”老人说，“我只需洗洗手和脸就行。”

你上哪儿去洗呢？孩子想。村里的水龙头在大路上第二条横路的转角上。我该把水带到这儿让他用的，孩子想，还该带块肥皂和一条干净毛巾来。我为什么这样粗心大意？我该再弄件衬衫和一件夹克衫来让他过冬，还要一双什么鞋子，并且再给他弄条毯子来。

“这炖菜呱呱叫。”老人说。

“给我讲讲棒球赛吧。”孩子请求他说。

“在美国联赛中，总是扬基队的天下，我跟你说过啦。”老人兴高采烈地说。

“他们今天输了。”孩子告诉他。

“这算不上什么，那了不起的迪马吉奥恢复他的本色了。”

“他们队里还有别的好手哪。”

“这还用说，不过有了他就不同了。在另一个联赛中，拿布鲁克林队和费拉德尔菲亚队来说，我相信布鲁克林队。不过话得说回来，我没有忘记迪克·西斯勒和他在费城希贝公园里打出的那些好球。”

“这些好球从来没有别人打过。我见过的击球中，数他打得最远。”

“你还记得他过去常来露台饭店吗？我想陪他出海钓鱼，可是不敢对他开口。所以我要你去说，可你也不敢。”

“我记得。我们真是失算了。他也许可以跟我们一起出海。这样，我们就可以一辈子回味这件事了。”

“我也想陪那了不起的迪马吉奥去钓鱼的，”老人说，“人家说他父亲也是个打鱼的。也许他当初也像我们这样穷，会领会我们的心意的。”

“那了不起的西斯勒的爸爸可没过什么穷日子，他爸爸像我这个年纪的时候就在联赛里打球了。”

“我像你这个年纪的时候，就在一条去非洲的横帆船上当水手了，我在那里还见过狮子傍晚到海滩上来呢。”

“我知道。你跟我谈起过。”

“我们来谈非洲还是谈棒球呢？”

“我看还是谈棒球吧，”孩子说，“给我谈谈那了不起的约翰·J·麦格劳的情况吧。”

“在过去的日子里，他有时候也常到露台饭店来。可是他一喝了酒，就态度粗暴，出口伤人。他脑子里想着棒球，也想着赛马。至少他老是在口袋里揣着赛马的名单，常常在电话里提到一些马儿的名字。”

“他是个伟大的经理，”孩子说，“我爸爸认为他很伟大。”

“这是因为他来这儿的次数最多，”老人说，“要是多罗彻继续每年来这儿，你爸爸就会认为他是个伟大的经理了。”

“说真的，谁是最伟大的经理呢？卢克还是迈克·冈萨雷斯？”

“我认为他们不相上下。”

“最伟大的渔夫是你。”

“不。我知道有不少比我强的。”

“哪里！”孩子说，“好渔夫很多，还有些很了不起的。不过顶呱呱的只有你。”

“谢谢你，你说得真叫我高兴。我希望不要来一条太大的鱼，让我对付不了，那样就说明我们讲错了。”

“这种鱼是没有的，只要你还是像你说的那样强壮。”

“我也许不像我自以为的那样强壮了，”老人说，“可是我懂得不少窍门，而且有决心。”

“你该现在就去睡觉，这样明天早上才会精神饱满。我要把这些东西送回露台饭店。”

“那么祝你晚安。早上我去叫醒你。”

“你是我的闹钟。”孩子说。

“年纪是我的闹钟，”老人说，“为什么老头儿醒得特别早？难道是要让白天长些吗？”

“我说不上来，”孩子说，“我只知道我睡得沉，起得晚。”

“我记在心上，”老人说，“到时候我会去叫你的。”

“我不愿让船主人来叫醒我，这样似乎我就比他差劲了。”

“我懂。”

“晚安，老大爷。”

孩子走出屋去。他们刚才吃饭的时候，桌子上没点灯，老人就脱了长裤，摸黑上了床。他把长裤卷起来当枕头，把那张报纸塞在里头。他用毯子裹住了身子，在弹簧垫上铺着的其他旧报纸上睡下了。

他没多久就睡熟了，梦见小时候见到的非洲，长长的金色海滩和白色海滩，白得耀眼，还有高耸的海岬和褐色的大山。他如今每天夜里都回到那条海岸边，在梦中听见拍岸海浪的隆隆声，看见土人驾船穿浪而行。他睡着时闻到了甲板上柏油和填絮的气味，还闻到了早晨陆地上刮来的风带来的非洲气息。

通常一闻到陆地上刮来的风，他就会醒来，穿上衣裳去叫醒那孩子。然而今夜陆地上刮来的风的气息来得很早，他在梦中知道时间尚早，就继续把梦做下去，他看见群岛的白色顶峰从海面上升起，随后梦见了加那利群岛的各个港湾和锚泊地。

他不再梦见风暴，不再梦见妇女们，不再梦见伟大的事件，不再梦见大鱼，不再梦见打架，不再梦见角力，不再梦见他的妻子。他如今只会梦见一些地方和海滩上的狮子。它们在暮色中像小猫一般嬉耍着，他爱它们，如同爱这孩子一样。他从没梦见过这孩子。他就这么醒过来，望望敞开的门外边的月亮，摊开长裤穿上。他在窝棚外解了手，然后顺着大路走去叫醒孩子。他被清晨的寒气弄得直哆嗦，但他知道哆嗦了一阵后会感到暖和，要不了多久他就要去划船了。

孩子住的那所房子的门没有上锁，他推开了门，光着脚悄悄走进去。孩子在外间的一张帆布床上熟睡着，老人靠着外面射进来的残月的光线，清楚地看见他。他轻轻握住孩子的一只脚，直到孩子给弄醒了，转过脸来对他望着。老人点点头，孩子从床边椅子上拿起他的长裤，坐在床沿上穿裤子。老人走出门去，孩子跟在他背后。他还是昏昏欲睡，老人伸出胳臂搂住他的肩膀说："对不起。"

“哪里！”孩子说。“男子汉就该这么干。”

他们顺着大路朝老人的窝棚走去。一路上，黑暗中有些光着脚的男人在走动，扛着他们船上的桅杆。

他们走进老人的窝棚，孩子拿起装在篮子里的钓索卷，还有鱼叉和手钩，老人把绕着帆的桅杆扛在肩上。

“想喝咖啡吗？”孩子问。

“我们把家什放在船里，然后喝一点吧。”

他们在一家供应渔夫早点的小吃店里，喝着盛在炼乳罐里的咖啡。

“你睡得怎么样，老大爷？”孩子问。他现在清醒过来了，尽管要他完全摆脱睡魔还不大容易。

“睡得很好，马诺林，”老人说，“我感到今天挺有把握的。”

“我也这样认为，”孩子说，“现在我该去拿你我用的沙丁鱼，还有给你的新鲜鱼饵。那条船上的家什总是他自己拿的，他从来不要别人帮他拿东西。”

“我们可不同，”老人说，“你还只有五岁时我就让你帮忙拿东西来着。”

“我记得，”孩子说，“我马上就回来。再喝杯咖啡吧，我们在这儿可以赊账。”

他走了，光着脚在珊瑚石铺的走道上向储藏鱼饵的冷藏库走去。

老人慢腾腾地喝着咖啡。这是他今天一整天的饮食，他知道应该把它喝了。好久以来，吃饭使他感到厌烦，因此他从来不带吃的东西。他在小船的船头上放着一瓶水，一整天只需要这个就够了。

孩子带着沙丁鱼和两份包在报纸里的鱼饵回来了，他们顺着小径走向小船，感到脚下的沙地里嵌着鹅卵石。他们抬起小船，让它滑进水里。

“祝你好运，老大爷。”

“也祝你好运。”老人说。他把桨上的绳圈套在桨座的钉子上，身子朝前冲，抵消桨片在水中遇到的阻力，在黑暗中动手划出港去。

偶尔有船上的人在说话。但是除了桨声外，大多数船只都寂静无声。它们一出港口就分散开来，每一条驶向指望能找到鱼的那片海面。老人知道自己要驶向远方，所以把陆地的气息抛在后方，划进清晨的海洋的清新气息中。他划过海里的某一片水域，看见马尾藻闪出的磷光，渔夫们管这片水域叫“大井”，因为那儿水深达到七百英寻，海流冲击在海底深渊的峭壁上，激起了漩涡，种种鱼儿都聚集在那儿。那儿集中着海虾和作鱼饵用的小鱼，在那些深不可测的水底洞穴里，有时还有成群的柔鱼，它们在夜间浮到靠近海面的地方，所有在那儿转悠的鱼类都拿它们当食物。

老人在黑暗中感觉到早晨来临了，他划着划着，听见飞鱼出水时的颤抖声，还有它们在黑暗中凌空飞翔时挺直的翅膀所发出的咝咝声。他非常喜爱飞鱼，拿它们当作他在海洋上的主要朋友。他替鸟儿伤心，尤其是那些柔弱的黑色小燕鸥，它们始终在飞翔，在找食，但几乎从没找到过。于是他想，鸟儿的生活过得比我们的还要艰难，除了那些猛禽和强有力的大鸟。既然海洋这样残暴，为什么像这些海燕那样的鸟儿生来就如此柔弱和纤巧？海洋是仁慈而美丽的，然而她能变得这样残暴，又是来得这样突然。而这些飞翔的鸟儿，从空中落下觅食，发出细微的哀鸣，却生来就柔弱得不适宜在海上生活。

他把大海当成女人，她可以给人或者不愿给人莫大的恩惠，如果她干出了任性或缺德的事情来，那是因为她身不由己。月亮对她起着影响，如同对一个女人起着影响那样，他想。

他从容地划着，对他来说并不吃力，因为海面是平坦无浪的。这时天渐渐亮了，他发现自己已经划到比预期此刻能到达的更远的地方了。

我在这海底的深渊上转悠了一个礼拜，可是一无所获。他想，今天，我要找到那些鲣鱼和长鳍金枪鱼群在什么地方，说不定还有条大鱼跟它们在一起呢。

不等天色大亮，他就放出了一个个鱼饵，让船随着海流漂去。有个鱼饵下沉到四十英寻。第二个在七十五英寻，第三个和第四个分别在蓝色海水中一百英寻和一百二十五英寻的深处。每个由新鲜沙丁鱼做的鱼饵都是头朝下的，钓钩的钩身穿进小鱼的身子，扎好，缝牢，钓钩的所有突出部分——弯钩和尖端——都给包在鱼肉里。每条沙丁鱼都用钓钩穿过双眼，这样鱼的身子在突出的钢钩上成了半个环形。不管一条大鱼接触到钓钩的哪一部分，都是喷香而美味的。

孩子给了他两条新鲜的小金枪鱼，或者叫长鳍金枪鱼，它们正像铅垂般挂在那两根最深的钓索上。在另外两根上，他挂上了一条蓝色大鲹鱼和一条黄色的狗鱼，它们已被使用过，但依然完好，而且还有出色的沙丁鱼给它们添上香味和吸引力。每根钓索都像一支大铅笔那么粗，一端缠在一根青皮钓竿上，这样，只要鱼在鱼饵上一拉或一碰，就能使钓竿朝下沉，而每根钓索有两个四十英寻长的卷，它们可以牢系在其他备用的卷上。这样一来，如果用得着的话，一条鱼可以拉出三百多英寻长的钓索。

这时老人紧盯着那三根挑出在小船一边的钓竿，看看有没有动静，一边缓缓地划着，使钓索保持上下垂直，停留在适当的水底深处。天相当亮了，太阳随时会升起来。

淡淡的太阳从海上升起后，老人看见其他的船只，低低地挨着水面，离海岸不远，和海流的方向垂直地展开着。跟着太阳越发明亮了，耀眼的阳光射在水面上，随后太阳从地平线上完全升起，平坦的海面把阳光反射进他的眼睛里，使眼睛剧烈地刺痛，因此他不朝太阳看，自顾自地划着。他俯视水中，注视着那几根一直下垂到黑魆魆的深水里的钓索。他把钓索垂得比其他人更直，这样，在海里的几个不同的深度，都会有一个鱼饵刚好在他所安排好的地方等待着在那儿游动的鱼来吃。别的渔夫让钓索随着海流漂去，有时候钓索在六十英寻的地方，他们却还以为在一百英寻的深处呢。

不过，他想，我总是把它们精确地放在适当的地方，问题只在于我的运气不好。可是谁说得准呢？说不定今天就会转运。

两个小时过去了，太阳已经升得更高了，他朝东望时不再感到那么刺眼了。眼前只看得见三条船，它们显得特别低矮，远在近岸的海面上。

我这一辈子，老是被初升的太阳刺痛眼睛，他想，然而眼睛还是好好的。傍晚时分，我可以直望着太阳，不会有眼前发黑的感觉。阳光的力量在傍晚也要强一些，不过在早上它叫人感到眼痛。

就在这时，他看见一只长翅膀的黑色军舰鸟在他前方的天空中盘旋飞翔。它倏地斜着后掠的双翅俯冲，然后又盘旋起来。

“它逮住了什么东西啦，”老人说出声来，“它不光是找找罢了。”

他慢慢划着，直朝鸟儿盘旋的地方划去。他并不匆忙，让那些钓索保持着上下垂直。不过他还是挨近了一点海流，这样，他依然在用正确的方式捕鱼，尽管他的速度要比他不打算利用鸟儿来指路时来得快。

军舰鸟在空中飞得高些了，又盘旋起来，双翅纹丝不动。它随即猛然俯冲下来，老人看见飞鱼从海里跃出，在海面上拼命地掠去。

“鲯鳅，”老人叫出声来，“大鲯鳅。”

他把双桨从桨架上取下，从船头下面拿出一根细钓丝。钓丝上系着一段铁丝导线和一只中号钓钩，他拿一条沙丁鱼挂在上面。他把钓线从船舷放下水去，将上端紧紧地系在船艄的一个螺栓上。接着，他在另一根钓线上安上了鱼饵，把它盘绕着搁在船头的阴影里。他又划起船来，注视着那只此刻正在水面上低低地飞掠的长翅膀黑鸟。

他看着看着，那鸟儿又朝下冲，为了俯冲，把翅膀朝后掠，然后猛地展开，追踪着飞鱼，可是没有捉到。老人看见那些大鲯鳅在追飞鱼，把海面弄得微微隆起。鲯鳅在飞掠的鱼下面破水而行，只等飞鱼一掉下，就飞快地钻进水里。这群鲯鳅真多啊，他想。它们分布得很广，飞鱼逃脱的机会很小。那只鸟可没有成功的机会。飞鱼对它来说个头太大了，而且又飞得太快。

他看着飞鱼一再地从海里冒出来，看着那只鸟儿一无所获的行动。那群鱼从我附近逃走啦，他想，它们逃得太快，游得太远啦。不过说不定我能逮住一条掉队的，说不定我想要的大鱼就在它们周围转悠着。我的大鱼总该在某个地方啊。

他仔细俯视着海水，只见深蓝色的水中穿梭地闪出点点红色的浮游生物，阳光这时在水中变幻出奇异的光彩。他注视着那几根钓索，看见它们一直朝下没入水中看不见的地方，他很高兴看到这么多浮游生物，因为这说明这里有鱼。

他从坐着轻轻划桨的地方低头朝水中望去，看见船舷边有一只拖着长长触须的水母——这些触须会刺伤人，还有一些颜色跟那些拖在水中的触须一样的小鱼，它们在触须之间以及浮囊在浮动时所投下的一小摊阴影中游着。海龟发现了水母，就从正面向它进逼，然后把它吃掉。老人喜欢观看海龟吃水母，喜欢在风暴过后在海滩上遇上海龟。他喜欢绿色的海龟和玳瑁，它们形态优美，游水迅速，价值很高。

他对海龟并不抱着神秘的看法，尽管他曾多年乘小船去捕海龟。他替所有的海龟伤心，人们大都对它们残酷无情，因为一只海龟给剖开、杀死之后，它的心脏还能跳动好几个小时。然而老人想，我也有这样一颗心脏，我的手脚也跟它们的一样。他吃白色的海龟蛋，为了使身子长力气。他在五月份连吃了整整一个月，使自己到九、十月份能身强力壮，去逮地道的大鱼。

他每天还从不少渔夫存放家什的棚屋中的一只大圆桶里舀一杯鲨鱼肝油喝。这桶就放在那儿，想喝的渔夫都可以去。大多数渔夫厌恶这种油的味道。但是也并不比摸黑早起更叫人难受，而且它对防治一切伤风流感都非常有效，对眼睛也有好处。

老人此刻抬眼望去，看见那只鸟儿又在盘旋了。

“它找到鱼啦。”他说出声来，这时没有一条飞鱼冲出海面，也没有小鱼纷纷四处逃窜。然而老人望着望着，只见一条小金枪鱼跃到空中，一个转身，头朝下掉进水里。这条金枪鱼在阳光中闪出银白色的光，等它回到了水里，又有些金枪鱼一条接着一条跃出水面，它们在四面八方跳，搅得海水翻腾起来，跳得很远地捕食小鱼。它们正绕着小鱼转，驱赶着小鱼。

要不是它们游得这么快，我可以赶到它们中间去的，老人想。他注视着这群鱼把水搅得泛出白色的水沫，还注视着那鸟儿这时正俯冲下来，扎进在惊慌中被迫浮上海面的小鱼群中。

“这只鸟真是个大帮手。”老人说。就在这时，船梢的那根细钓线在他脚下绷紧了，原来他在脚上绕了一圈，于是他放下双桨，紧紧抓住细钓线，动手往回拉，感到那小金枪鱼在颤巍巍地拉着，有点儿分量。他越往回拉，钓线就越是颤巍，他看见水里蓝色的鱼背和金色的两侧，然后把钓线一甩，使鱼越过船舷，掉在船中。鱼躺在船艄的阳光里，身子结实，形状像颗子弹，一双痴呆的大眼睛直瞪着，动作干净利落的尾巴快速地拍打着船板，砰砰有声，逐渐耗尽了力气。老人出于好意，猛击了一下它的头，一脚把它那还在抖动的身子踢到船艄背阴的地方。

“长鳍金枪鱼，”他说出声来，“拿来钓大鱼倒蛮好。它有十磅重。”

他记不起他是什么时候第一次开始在独自待着的时候自言自语的了。往年他独自待着时曾唱歌来着，有时候在夜里唱，那是在小渔船或捕海龟的小艇上值班掌舵时的事。他大概是在那孩子离开了他、他独自待着时开始自言自语的。

“要是别人听到我在自言自语，会当我发疯了，”他说出声来，“不过既然我没有发疯，我就不管，还是要说。有钱人在船上有收音机对他们谈话，还把棒球赛的消息告诉他们。”现在可不是考虑棒球赛的时刻，他想。现在只应该考虑一桩事。就是我生来要干的那桩事。那个鱼群周围很可能有一条大的，他想。我只逮住了正在吃小鱼的金枪鱼群中一条失散的。可是它们正游向远方，游得很快。今天凡是在海面上露面的都游得很快，向着东北方向。难道一天的这个时辰就该如此吗？要不，这是什么我不懂得的天气征兆？

他已经远离海岸线了。海水颜色很深，阳光在海水中幻成彩虹七色。那数不清的斑斑点点的浮游生物，由于此刻太阳升到了头顶上空，都看不见了，眼下老人看得见的仅仅是蓝色海水深处幻成的巨大的七色光带，还有他那几根笔直垂在有一英里深的水中的钓索。

渔夫们管所有这种鱼都叫金枪鱼，只有等到把它们卖出，或者拿来换鱼饵时，才分别叫它们各自的专用名字。这时它们又沉下海水深处去了。阳光此刻很强，老人感到脖颈上热辣辣的，划着划着，他的汗水一滴滴地从背上往下淌。

我大可随波逐流，他想，只管睡去，预先把钓索在脚趾上绕上一圈，有动静时可以把我弄醒。不过今天是第八十五天，我该一整天好好钓鱼。就在这时，他凝视着钓索，看见其中有一根挑出在水面上的绿色钓竿猛地往水中一沉。

他从桨架上取下双桨，没有让船颠簸一下。他伸手去拉钓索，把它轻轻地夹在右手大拇指和食指之间。他感到钓索并不抽紧，也没什么分量，就轻松地握着。接着它又动了一下，这回是试探性的一拉，拉得既不紧又不重，他就完全明白这是怎么回事了：在一百英寻的深处有条大马林鱼正在吃包住钓钩尖端和钩身的沙丁鱼，这个手工制的钓钩是从一条小沙丁鱼的头部穿出来的。

老人轻巧地攥着钓索，用左手把它从竿子上轻轻地解下来。他现在可以让它穿过他手指间滑动，而不会让鱼感到丝毫牵引力。

在离岸这么远的地方，它长到这个月份，个头一定挺大了，他想。吃鱼饵吧，鱼啊。吃吧，请你吃吧，这些鱼饵多新鲜，而你啊，待在这四百英尺的深处，在这漆黑的冷水里。在黑暗里再绕个弯，拐回来把它吃了吧。

他感到微弱而轻巧的一拉，又是较猛烈的一拉，准是沙丁鱼的头很难从钓钩上扯下来。然后就没有一丝动静了。

“它会咬饵的。”老人自言自语。然而它没有咬饵，它游走了，老人没感到有任何动静。

“它不可能游走的，”他又自言自语，“它不可能游走的。它正在绕弯子呐。也许它以前上过钩，还有点儿记得。”

接着他感到钓索又轻轻地动了一下，他高兴了。

“它刚才不过是在转身，”他说，“它会咬饵的。”

感到这轻微的一拉，他很高兴，接着他感到有些猛拉的感觉，很有分量，叫人难以相信。这是鱼本身的重量造成的，他就松手让钓索朝下溜，一直朝下，从那两卷备用钓索中的一卷上放出钓索。它从老人的指间轻轻地滑下去的时候，他依旧感到很重的分量，尽管他的大拇指和食指上的压力简直小得觉察不到。

“多棒的鱼啊，”他说，“它正把鱼饵斜叼在嘴里，带着它在游走呐。”

它就会掉过头来把饵吞下去的，他想。他没有把这句话说出来。他知道这条鱼有多大，他想象它嘴里横衔着沙丁鱼，在黑暗中游走。这时他觉得它停止不动了，可是分量还是没变。接着分量越来越重了，他就再放出一点钓索。他加强了大拇指和食指上的压力，于是钓索上的分量增加了，一直传到水中深处。

“它咬饵啦，”他说，“现在我来让它美美地吃一顿。”

他让钓索在指间朝下溜，同时伸出左手，把两卷备用钓索的一端系紧在旁边那根钓索的两卷备用钓索的环扣上。他如今准备好了。他眼下除了正在使用的那钓索卷，还有三个四十英寻长的钓索卷备用。

“再吃一些吧，”他说，“美美地吃吧。”

吃了吧，这样可以让钓钩的尖端扎进你的心脏，把你弄死，他想。轻松愉快地浮上来吧，让我把鱼叉刺进你的身子得了。你准备好了吗？你进餐的时间够长了吗？

“来吧！”他说。他用双手使劲猛拉钓索，收进了一码，然后连连猛拉，使出胳膊上的全力，以身子的重量作为支撑，用双臂交替地把钓索往回拉。

什么用也没有。那鱼只顾慢慢地游开去，老人无法把它往上拉一英寸。他这钓索很结实，是制作来钓大鱼的，他把它套在背上猛拉，钓索绷得太紧，上面竟蹦出水珠来。

随后它在水里渐渐发出一阵咝咝声，但他依旧攥着它，在座板上全力撑住了自己的身子，仰着上半身来抵消鱼的拉力。船慢慢地向西北方向驶去。

大鱼一刻不停地游着，鱼和船在平静的水面上慢慢地行进。另外那几个鱼饵还在水里，没有动静，用不着应付。

“如果那孩子在这儿就好了，”老人说出声来，“我正被一条鱼拖着走，成了一根系纤绳的短桩啦。我可以把钓索系在船舷上，不过这样一来鱼儿会把它扯断的。我得拼命牵住它，必要的时候放出一段钓索。谢谢老天，它还在朝前游，没有朝下沉。”

如果它决意朝下沉，我该怎么办？我不知道。如果它潜入海底，死在那儿，我该怎么办？我不知道。可是我必须干些什么。我能做的事情多着呢。

他攥住了勒在脊背上的钓索，紧盯着它直往水中斜去，小船还在不停地朝西北方驶去。

这样能叫它送命，老人想，它不能一直这样干下去。然而过了四个小时，那鱼照样拖着这条小船，不停地向大海游去，老人依然紧紧攥着勒在脊背上的钓索。“我是中午把它钓上的，”他说，“可我始终还没见过它。”

他在钓上这鱼以前，把草帽拉下，紧扣在头上，这时勒得他的脑门好痛。他还觉得口渴，就双膝跪下，小心不扯动钓索，尽量朝船头爬去，伸手去取水瓶。他打开瓶盖，喝了一点儿，然后靠在船头上休息。他坐在从桅座上拔下的绑着帆的桅杆上，竭力不去想别的，只顾熬下去。

等他回头看时，陆地已经完全没了踪影。他想。我总能靠着哈瓦那的灯火回港的。离日落还有两个小时，也许不到那时鱼就会浮上来。如果它不上来，也许会随着月出浮上来。如果它不这样干，也许会随着日出浮上来。我手脚没有抽筋，我感到身强力壮。是它的嘴给钩住了啊。不过拉力这样大，该是条很大的鱼啊。它的嘴准是死死地咬住了钓钩。但愿能看到它，但愿能知道我这对手是什么样子的，哪怕只看一眼也好。

老人凭着观察天上的星斗，看出那鱼整整一夜始终没有改变它的前进方向。夜里天气转凉了，老人的脊背、胳膊和衰老的腿上的汗水都干了，感到发冷。在白天，他曾把盖在鱼饵匣上的麻袋取下，摊在阳光里晒干。太阳下去后，他把麻袋系在脖子上，让它披在背上，又小心地把它塞在如今正挂在肩上的钓索下面。有麻袋垫着钓索，他就可以弯腰向船头靠去，这样简直可以说很舒服了。这姿势其实只能说是多少叫人好受一点儿，可是他自以为简直算是很舒服了。

我拿它一点也没办法，它也拿我一点也没办法，他想。只要它老是这样干下去，双方都一点也没办法。

夜间，他想着自己手上的那条大鱼，也许它真的很奇特，他从来没钓到过这样强大的鱼，也许它太机灵了，怎么不愿跳出水面来呢？它可以跳出水面来，或者来个猛冲，把我搞垮。不过，也许它曾上钩过好多次，所以知道应该如何搏斗。它哪会知道它的对手只有一个人，而且是个老头儿呢。不过它是条多大的鱼啊，如果肉质良好的话，在市场上能卖多大一笔钱啊！它咬起饵来像条雄鱼，拉起钓索来也像雄鱼，搏斗起来一点也不惊慌。不知道它有没有什么打算，还是就跟我一样不顾死活？

他想起有一回钓到了一对大马林鱼中的一条。雄鱼总是让雌的先吃，那条上了钩的正是雌鱼，它发了狂，惊慌失措而绝望地挣扎着，不久就筋疲力尽了，那条雄鱼始终待在它身边，在钓索下窜来窜去，陪着它在水面上一起打转。那雄鱼离钓索很近，老人生怕它会用它的尾巴把钓索割断，这尾巴像大镰刀般锋利，大小和形状都和大镰刀差不多。老人用手钩把雌鱼钩上来，用棍子揍它，握住了那边缘如砂纸似的剑一样的长嘴，连连朝它头顶打去，直打得它的颜色变成和镜子背面的红色差不多，然后由孩子帮忙，把它拖上船去，在这过程中，雄鱼一直待在船舷边。跟着，当老人忙着解下钓索、拿起鱼叉的时候，雄鱼在船边高高地跳到空中，看看雌鱼在哪里，然后掉下去，钻进深水里，它那淡紫色的翅膀——其实正是它的胸鳍——大大地张开来，于是它身上所有的淡紫色的宽条纹都露出来了。它是美丽的，老人想起来，而它始终待在那儿不走。

它们这情景是我看到的最伤心的了，老人想。孩子也很伤心，因此我们请求这条雌鱼原谅，马上把它宰了。

“如果孩子在这儿就好了。”他说出声来，把身子靠在船头的边缘已被磨圆的木板上，通过勒在肩上的钓索，感到这条大鱼的力量，它正朝着它所选择的方向稳稳地游去。

它选择待在黑暗的深水里，远远地避开一切圈套、罗网和诡计。我选择赶到谁也没到过的地方去找它，到世界上没人去过的地方。现在我跟它给拴在一起了，从中午起就是如此，而且我和它都没有谁来帮忙。

离天亮还有点时间，有什么东西咬住了他背后的一个鱼饵。他听见钓竿啪地折断了，于是那根钓索越过船舷朝外直溜。他摸黑拔出鞘中的刀子，用左肩承担着大鱼所有的拉力，身子朝后靠，就着木头的船舷，把那根钓索割断了。然后把另一根离他最近的钓索也割断了，摸黑把这两个没有放出去的钓索卷的断头系在一起。他用一只手熟练地干着，在牢牢地打结时，一只脚踩住了钓索卷，免得它移动。他现在有六卷备用钓索了。他刚才割断的那两根有鱼饵的钓索各有两卷备用钓索，加上被大鱼咬住鱼饵的那根上的两卷，它们全都接在一起了。他想，我要想办法回到那根把鱼饵放在水下四十英寻深处的钓索边，把它也割断，联结在那些备用钓索卷上。万一钓上了别的鱼，把这条大鱼倒搞丢了，那再去哪儿找呢？我不知道刚才咬饵的是什么鱼。很可能是条大马林鱼，或者剑鱼，或者鲨鱼。我根本来不及琢磨，不得不赶快把它摆脱掉。

不知道这鱼为什么刚才突然摇晃了一下，他想。一定是钓索在它高高隆起的脊背上划了一下，它的疼痛当然比不上我的。然而不管它力气有多大，总不能永远拖着这条小船跑吧。眼下凡是会惹出乱子来的东西都除掉了，我却还有好多备用钓索，一个人还能有什么要求呢？

“鱼啊，”他轻轻地说出声来，“我跟你奉陪到底。”依我看，它也要跟我奉陪到底的，老人想，一边等待着天明。眼下正当破晓前的时分，天气很冷，他把身子紧贴着木船舷来取暖。它能熬多久，我也能熬多久，他想。微明的天色中，钓索伸展着，朝下通到水中。小船平稳地移动着，初升的太阳一露脸，阳光直射在老人的右肩上。

“它在朝北走啊。”老人说。海流会把我们远远地向东方送去，他想。

但愿它会随着海流拐弯。这样可以说明它越来越疲乏了。

等太阳升得更高了，老人发觉这鱼并没有越来越疲乏。只有一个有利的征兆：钓索的斜度说明它正在较浅的地方游着。这不一定表示它会跃出水来，但它也许会这样。

“上帝啊，叫它跳跃吧，”老人说，“我的钓索够长，可以对付它。”

也许我把钓索稍微拉紧一点儿，让它觉得痛，它就会跳跃了，他想。既然是白天了，就让它跳跃吧，这样它会把沿着背脊的那些液囊装满空气，就没法沉到海底去死了。

他动手拉紧钓索，可是自从他钓上这条鱼以来，钓索已经绷紧到快要断掉的地步。他向后仰着身子来拉，感到它硬邦邦的，就知道没法拉得更紧了。我千万不能猛地拉它，他想。每猛拉一次，会把钓钩划出的口子弄得更宽些，等它当真跳跃起来，它也许会把钓钩甩掉。反正太阳出来了，我觉得好过些了，这一回我不用盯着太阳看了。

钓索上粘着黄色的海藻，可是老人知道这只会给鱼增加拉力，所以很高兴。正是这种黄色的马尾藻在夜间发出很强的磷光。

“鱼啊，”他说，“我爱你，我非常尊敬你。不过今天无论如何要把你杀死。”

但愿如此，他想。一只小鸟从北方朝小船飞来。那是只鸣禽，在水面上飞得很低。老人看出它已经非常疲乏了。

鸟儿飞到船艄上，在那儿歇一口气。然后它绕着老人的头飞了一圈，落在那根钓索上，在那儿它觉得比较舒服。“你多大了？”老人问鸟儿，“你这是第一次出门吗？”

他说话的时候，鸟儿望着他。它太疲乏了，竟没有细看这钓索，就用小巧的双脚抓紧了钓索，在上面摇啊摇的。“你怎么会这样疲乏啊？”他问鸟儿。

因为有老鹰，他想，会飞到海上来追捕它们。但是这话他没跟这鸟儿说，反正它也不懂他的话。

“好好地歇歇吧，小鸟。”他说。

他靠说话来鼓劲，因为他的背脊在夜里变得僵直，眼下真痛得厉害。

“鸟儿，乐意的话就住在我家吧。”他说，“很抱歉，我不能趁着眼下刮起小风，扯起帆来把你带回去。可是我总算有个朋友在一起了。”

就在这当儿，那鱼突然一抖，把老人拖倒在船头上，要不是他撑住了身子，放出一段钓索，早被拖到海里去了。钓索猛地一抽时，鸟儿飞走了，老人竟没有看到它飞走。

他用右手小心地摸摸钓索，发现手上正在淌血。

“这么说这鱼给什么东西弄伤了，”他说出声来，把钓索往回拉，看能不能叫鱼转回来。但是拉到快绷断的时候，他就握稳了钓索，身子朝后倒，来抵消钓索上的那股拉力。

“你现在觉得痛了吧，鱼？”他说，“老实说，我也是如此啊。”

他掉头寻找那只小鸟，因为很乐意有它来做伴。但鸟儿飞走了。

你没有待多久，老人想，但是你去的地方风浪较大，要飞到了岸上才平安。我怎么会让那鱼猛地一拉，划破了手？我一定是越来越笨了。要不，也许是因为只顾望着那只小鸟，想着它的事。现在我要关心自己的事情，过后得把那金枪鱼吃下去，这样才不致没力气。

“但愿那孩子在这儿，并且我手边有点盐就好了。”他自言自语。

他把沉甸甸的钓索挪到左肩上，小心地跪下，在海水里洗手，把手在水里浸了一分多钟，注视着他的血在水中漂开去，海水随着船的移动在他的手上平稳地拍打着。

“它游得慢多了。”他说。

老人巴不得让他的手在这盐水中多浸一会儿，但害怕那鱼又突然抖起来，于是站起身，打起精神，举起那只手，朝着太阳。手不过被钓索勒了一下，割破了肉。然而正是手上最得用的地方。他知道需要这双手来干成这桩事，不喜欢还没动手就让手给割破。

“现在，”等手晒干后，他说，“我该吃小金枪鱼了。我可以用手钩把它钩过来，在这儿舒舒服服地吃。”

他跪下来，用手钩在船艄下找到了那条金枪鱼，小心不让它碰到那几卷钓索，把它钩到自己身边来。他又用左肩扛住了钓索，把左手和胳臂撑在座板上，取下金枪鱼，再把手钩放回原处。他单膝压在鱼身上，从它的脖颈竖着割到尾部，割下一条条深红色的鱼肉。这些肉条的断面是楔形的，他从脊骨边开始割，直割到肚子边，他割下了六条，把它们摊在船头的木板上，在裤子上擦擦刀子，拎起鱼尾，把骨头扔进海里。

他拿起半条鱼肉，放在嘴里，慢慢地咀嚼。倒并不难吃。好好地咀嚼，他想，把汁水都咽下去。

“手啊，你感觉怎么样？”他问那只抽筋的左手，它僵直得几乎跟死尸一般。“我为了你再吃一点儿。”他吃着他切成两段的那条鱼肉的另外一半，细细地咀嚼，然后把鱼皮吐出来。

“耐心点吧，手，”他又说，“我这样吃东西都是为了你啊。”我巴望也能喂那条大鱼，他想。它是我的兄弟，可是我不得不把它弄死，我得保存精力来这样做。他慢慢地把剩下的鱼肉条全都吃了。

他直起腰来，把手在裤子上擦了擦。

“行了，”他说，“你可以放掉钓索了，手。我要单单用右臂来对付它，直到你不再胡闹。”他用左脚踩住刚才用左手攥着的粗钓索，身子朝后倒，用背部来承受那股拉力。“上帝，请你帮助我，让这抽筋快好吧，”他说，“因为我不知道这条鱼还要怎么着。”

不过它似乎很镇静，他想，而且在按着它的计划行动。可是它的计划是什么？他想，我的又是什么？我必须随机应变，拿我的计划来对付它，因为它个头这么大，如果它跳出水来，我能弄死它；但如果它始终待在下面不上来，那我也就跟它奉陪到底。

他眺望着海面，发觉他此刻是多么孤单。但是他可以看见漆黑的海水深处的彩虹七色、面前伸展着的钓索和那平静的海面上的微妙的波动。由于刮起了信风，这时云块正在积聚起来，他朝前望去，见到一群野鸭在水面上飞，在天空的衬托下，身影勾勒得很清楚，然后模糊起来，然后又清楚地勾勒出来，于是他发觉，一个人在海上是永远不会感到孤单的。

他想到有些人乘小船驶到了望不见陆地的地方时，会觉得害怕，他明白在天气会突然变坏的那几个月里，他们是有理由害怕的。可是如今正当刮飓风的月份，而在不刮的时候，这些月份正是一年中天气最好的时候。

如果将刮飓风，而你正在海上的话，你总能在好几天前就看见天上的种种迹象。人们在岸上可看不见，因为他们不知道该找什么，他想。陆地上一定也看得见异常的现象，那就是云的样子不同。但是现在不会刮飓风。

“轻风，”他说。“这天气对我比对你更有利，鱼啊。”他的左手依然在抽筋，但他正在慢慢地把它张开。

要是那孩子在这儿，他就可以给我揉揉胳臂了，他想。不过这只手总会松开的。

随后，他用右手去摸钓索，感到上面的分量变了，又看见它在水里的斜度也变了。他俯身朝着钓索，把左手啪地紧按在大腿上，看见倾斜的钓索在慢慢地向上升起。“上来啦，”他说，“手啊，快点张开吧，请快一点。”

钓索慢慢稳稳地上升，接着小船前面的海面鼓起来了，鱼出水了。它不停地往上冒，水从它身上向两边直泻。它在阳光里亮闪闪的，脑袋和背部呈深紫色，两侧的条纹在阳光里显得很宽阔，带着淡紫色。它的嘴有棒球棒那样长，逐渐变细，像一把轻剑，它把全身从头到尾都露出水面，然后像潜水员般滑溜地又钻进水去。老人看见它那大镰刀般的尾巴没入水里，钓索开始往外飞速溜去。

“它比这小船还长两英尺。”老人说。钓索朝水中溜得既快又稳，说明这鱼并没有受惊。老人设法用双手拉住钓索，用的力气刚好不致让钓索扯断。他明白，要是他没法用稳定的劲使鱼慢下来，它就会把钓索全部拖走，并且拉断。

我明白它有多大的力气，明白如果飞逃的话，它能干出什么来。我要是它，我眼下就要使出浑身的力气，一直飞逃到什么东西绷断为止。但是感谢上帝它们没有我们这些要杀害它们的人聪明，尽管它们比我们更高尚，更有能耐。

老人见过许多大鱼。他见过许多超过一千磅的，前半辈子也曾逮住过两条这么大的，不过从未独自一个人逮住过。现在正是独自一个人，看不见陆地的影子，却在跟一条比他曾见过、曾听说过的更大的鱼紧

拴在一起，而他的左手依旧拳曲着，像紧抓着的鹰爪。

可是它就会复原的，他想。它当然会复原，来帮助我的右手。有三样东西是兄弟：那条鱼和我的两只手。这手一定会复原的。真可耻，它竟会抽筋。鱼又慢下来了，正用它惯常的速度游着。

弄不懂它为什么跳出水来，老人想。但不管它了，我要让它看看我是个什么样的人。我是一个富有男子汉气概的人。即使它有力量，我也能用我的意志和智慧来对付它。

他尽量舒服地靠在木船舷上，忍受着袭来的痛楚感。那鱼稳定地游着，小船穿过深色的海水缓缓前进。随着东方吹来的风，海上起了小浪，到中午时分，老人那抽筋的左手复原了。

“我并不虔诚，”他说，“但是我愿意念十遍《天主经》和十遍《圣母经》，使我能逮住这条鱼。”他机械地念起祈祷文来。

念完了祈祷文，他感觉舒坦多了，但依旧像刚才一样痛，也许还更厉害一点，于是他背靠在船头的木舷上，机械地活动起左手的手指。

此刻阳光很热了，尽管微风正在柔和地吹起。

“我还是把挑出在船艄的细钓丝重新装上钓饵的好，”他说，“如果那鱼打算在这里再过上一夜，我就需要再吃点东西，再说，水瓶里的水也不多了。我看这儿除了鲯鳅，也逮不到什么别的东西。但是，如果趁它新鲜的时候吃，味道不会差。我希望今夜有条飞鱼跳到船上来。可惜我没有灯光来引诱它。飞鱼生吃起来味道是呱呱叫的，而且不用把它切成小块。我眼下必须保存所有的精力。天啊，我一开始不知道这鱼竟这么大。”

“我跟那孩子说过来着，我是个不同寻常的老头儿，”他自言自语，“现在是证实这话的时候了。”

他已经证实过上千回了，这算不上什么。眼下他正要再证实一回。每一回都是重新开始，他这样做的时候，从来不去想过去。

但愿它睡去，这样我也能睡去，梦见狮子，他想。为什么如今梦中主要只剩下了狮子？别想了，老头儿，他对自己说。眼下且轻轻地靠着木船舷歇息，什么都不要想。它正忙碌着。你越少忙碌越好。

时间已是下午，船依旧缓慢而稳定地移动着。不过这时东风给船增加了一些阻力，老人随着不大的海浪缓缓漂流，钓索勒在他背上的感觉变得舒适而温和些了。

下午有一回，钓索又升上来了，可是那鱼不过是在稍微浅一点的水中继续游着。太阳晒在老人的左胳臂和左肩和背脊上。所以他知道这鱼转向东北方了。

“你要是还不累的话，鱼啊，”他说出声来，“那你真是太不可思议啦。”

他这时感到非常疲乏，他知道夜幕就要降临，所以竭力想些别的事。他想到棒球的两大联赛，想到了纽约的扬基队和他们正在迎战的底特律的老虎队。

太阳落下去的时候，为了给自己增强信心，他回想起那回在卡萨布兰卡的一家酒店里，跟那个码头上力气最大的黑人扳手腕的情景。整整一天一夜，他们把胳膊肘搁在桌面一道粉笔线上，胳膊朝上伸直，两只手紧握着。双方都竭力将对方的手使劲朝下压到桌面上。好多人在赌谁胜谁负。结果，他赢了，此后好一阵子，人人都管他叫“冠军”，第二年春天又举行了一场比赛，不过打赌的数目不大。他很容易就赢了，因为他在第一场比赛中打垮了那个西恩富戈斯来的黑人的自信心。此后，他又比赛过几次，以后就此不比赛了。他认为如果一心想要做到的话，他能够打败任何人，他还认为，这对他要用来钓鱼的右手有害。他曾尝试用左手进行了几次练习赛，但是他的左手一向背叛他，不愿听他的吩咐行动，他不信任它。

这会儿太阳就会把手好好晒干的，他想。它不会再抽筋了，除非夜里太冷。不知道这一夜会发生什么事。

一架飞机在他头上飞过，正沿着航线飞向迈阿密，他看着它的影子惊起成群的飞鱼。

“有这么多的飞鱼，这里该有鳍鳅。”他说，带着钓索倒身向后靠，看能不能把那鱼拉过来一点。但是不行，钓索照样紧绷着，上面抖动着水珠，都快崩断了。船缓缓地前进，他紧盯着飞机，直到看不见为止。

坐在飞机里一定感觉很怪，他想。不知道从那么高的地方朝下望，海是什么样子？要不是飞得太高，他们一定能清楚地看到这条鱼。我希望在两百英寻的高度飞得极慢极慢，从空中看鱼。在捕海龟的船上，我待在桅顶横杆上，即使从那样的高度也能看到不少东西。从那里朝下望，鳍鳅的颜色更绿，你能看清它们身上的条纹和紫色斑点，你可以看见它们整整一群在游。怎么搞的，凡是在深暗的水流中游得很快的鱼都有紫色的背脊，一般还有紫色条纹或斑点？鳍鳅在水里当然看上去是绿色的，但是它们其实是金黄色的。但是当它们饿得慌，想吃东西的时候，身子两侧就会出现紫色条纹，像大马林鱼那样。是因为愤怒，还是游得太快，才使这些条纹显露出来的呢？

就在天色完全黑下来之前，老人和船经过一片大马尾藻，它在风浪很小的海面上漂荡着。这时候，他那根细钓丝给一条鳍鳅咬住了。他第一次看见它是在它跃出水面的那一刻，在最后一线阳光中确实像金子一般，在空中弯起身子，疯狂地扑打着。它惊慌得一次次跃出水面，像在做杂技表演。他呢，慢慢地挪动身子，回到船艄蹲下，用右手和右胳臂攥住那根粗钓索，用左手把鲯鳅往回拉，每收回一段钓丝，就用光着的左脚踩住。等到这条带紫色斑点的金光闪闪的鱼给拉到了船边，绝望地左右乱窜乱跳时，老人探出身去，把它拎到船上。它的嘴被钓钩挂住了，抽搐地动着，急促地连连咬着钓钩，还用它那长而扁的身体、尾巴和脑袋拍打着船底，直到他用木棍打了一下它的金色的脑袋，它才抖了一下，不动了。

老人把钓钩从鱼嘴里拔出来，重新安上一条沙丁鱼作诱饵，把它甩进海里。然后他挪动身子慢慢地回到船头。他洗了左手，在裤腿上擦干，接着他把那根粗钓索从右手挪到左手，在海里洗着右手，同时望着太阳沉到海面下，还望着那根斜入水中的粗钓索。

"那鱼还是老样子，一点也没变。"他说。但是他观察着海水如何拍打在他手上，发觉船走得显然慢些了。

"我来把这两支桨交叉绑在船艄，这样在夜里能使它慢下来，"他说，"它能熬夜，我也能。"

最好稍等一会儿再把这鲯鳅开肠破肚，这样可以让鲜血留在鱼肉里，他想。我可以过一会儿再干，先把桨扎起来，在水里拖着，增加阻力。眼下还是让鱼安静些的好，在日落时分别去过分惊动它。对所有的鱼来说，日落时分都是难熬的。

他把手举起来晾干了，然后攥住钓索，尽量放松身子，听任自己被拖向前去，他的身子贴在木船舷上，这样船承担的拉力就和他自己承担的一样大，或者更大些。

我渐渐学会该怎么做了，他想。反正至少在这方面是如此。再说，别忘了它咬饵以来还没吃过东西，而且它身子庞大，需要很多食物。

我已经把一整条金枪鱼吃了，明天还要吃那条鲯鳅。他管它叫“黄金鱼”。也许我该在把它开膛时吃上一点。它比那条金枪鱼要难吃些。不过话得说回来，没有一桩事是容易的。

“你觉得怎么样，鱼？”他开口问，“我觉得很好过，我的左手已经好转了，我有够一天和一夜吃的食物。拖着这船吧，鱼。”

他并不真的觉得好过，因为钓索勒在背上的疼痛几乎超出了他能忍受的极限，进入了一种使他担心的麻木状态。不过，比这更糟的事我也曾碰到过，他想。我的一只手仅仅割破了一点，另一只手的抽筋已经好了，我的两腿都很管用。再说，眼下在食物方面我也比它占优势。

这时天黑了，因为在九月里，太阳一落下，天马上就黑下来。他背靠着船头上给磨损的木板，尽量休息个够。

“这条鱼也是我的朋友，”他说出声来，“我从没看见过或听说过这样的鱼，不过我必须把它弄死。”

于是他替这条没东西吃的大鱼感到伤心，但是要杀死它的决心绝对没有因为替它伤心而减弱。它能供多少人吃啊，他想。可是他们配吃它吗？不配，当然不配。凭它的举止风度和它的高度的尊严来看，谁也不配吃它。

现在，他想，我该考虑考虑那在水里拖着的障碍物了。这玩意儿有它的危险，也有它的好处。如果鱼使劲地拉，造成阻力的那两把桨在原处不动，船不像从前那样轻的话，我可能会被鱼拖走很长的钓索，结果会让它跑了。保持船身轻巧会延长我们双方的痛苦，但这是我的安全所在，因为这鱼能游得很快，这本领至今尚未使出过。不管出什么事，我必须把这鲯鳅开膛破肚，免得坏掉，并且吃一点长长力气。我要再歇一个小时，等我感到鱼稳定下来后，才回到船艄去干这事，并决定对策，在这段时间里，我可以看它怎样行动，是否有什么变化。把那两把桨放在那儿是个好计策；不过已经到了该安全行事的时候。这鱼依旧很厉害。我看见过钓钩挂在它的嘴角，它把嘴闭得紧紧的。钓钩的折磨算不上什么。饥饿的折磨，加上还得对付它不了解的对手，才是天大的麻烦。歇歇吧，老家伙，让它去干它的事，等轮到该你干的时候再说。

他认为自己已经歇了两个小时。月亮要等到很晚才会爬上来，他没法判断时间。其实他并没有好好休息，只能说多少歇了一会儿。他的肩上依旧承受着鱼的拉力，不过他把左手按在船头的舷上，把对抗鱼的拉力的任务越来越让小船本身来承担了。

要是能把钓索拴住，那事情会变得多简单啊，他想。可是只要鱼稍微一挣扎，就能把钓索绷断。我必须用自己的身子来缓冲这钓索的拉力，随时准备用双手放出钓索。

“不过你还没睡觉呢，老头儿，”他说出声来，“已经熬过了半个白天和一个晚上，现在又是一个白天，可你一直没睡觉。你必须想个办法，趁鱼安静稳定的时候睡上一会儿。如果你不睡觉，你会被搞得脑筋糊涂起来。”

我的脑筋够清醒的，他想。太清醒啦。我跟星星一样清醒，它们是我的兄弟。不过我还是必须睡觉。它们睡觉，月亮和太阳都睡觉，连海洋有时候也睡觉，那是在某些没有大浪，平静无波的日子里。

可别忘了睡觉，他想。强迫你自己睡觉，想出些简单而稳妥的办法来安排那根钓索。现在回到船艄去处理那条鲯鳅吧。如果你一定要睡觉的话，把桨绑起来拖在水里可就太危险啦。

我不睡觉也能行，他对自己说。不过这太危险啦。他用双手双膝爬回船艄，小心避免猛地惊动那条鱼。它也许正半睡半醒的，他想。可是我不想让它休息。必须要它拖曳着一直到死去。

回到了船艄，他转身让左手攥住紧勒在肩上的钓索，用右手从刀鞘中拔出刀子。星星这时很明亮，他清楚地看见那条鲯鳅，就把刀刃扎进它的头部，把它从船板下拉出来。他用一只脚踩在鱼身上，从肛门朝上，一直剖到它下颌的尖端。然后他放下刀子，用右手掏出内脏，掏干净了，把鳃也干脆拉下了。他觉得鱼胃在手里沉甸甸、滑溜溜的，就把它剖开来。里面有两条小飞鱼。它们还很新鲜、坚实，他把它们并排放下，把内脏和鱼鳃扔进水中。它们沉下去时，在水中拖着一道磷光。鲯鳅是冰冷的，老人用右脚踩住鱼头，剥下鱼身上一边的皮。他然后把鱼翻转过来，剥掉另一边的皮，把鱼身两边的肉从头到尾割下来。

他把鱼骨悄悄地丢到舷外，注意看它是不是在水里打转。但是只看到它慢慢沉下时的磷光。他转过身来，把两条飞鱼夹在那两块鱼肉中间，把刀子插进刀鞘，慢慢地挪动身子，回到船头。他被钓索上的分量拉得弯了腰，右手拿着鱼肉。

回到船头后，他把两块鱼肉摊在船板上，旁边搁着飞鱼。然后他把勒在肩上的钓索换一个地方，又用左手攥住了钓索，手搁在船舷上。接着他靠在船舷上，把飞鱼在水里洗了洗，留意着水冲击在他手上的速度。他的手因为剥了鱼皮而发出磷光，他仔细察看水流怎样冲击他的手，水流并不那么有力了。当他把手的侧面在小船船板上擦着的时候，星星点点的磷质漂浮开去，慢慢朝船艄漂去。

“它越来越累了，要不就是在休息，”老人说，“现在我来把这鲯鳅全吃了，休息一下，睡一会儿吧。”

在星光下，在越来越冷的夜色里，他把一块鱼肉吃了一半，还吃了一条已经挖去了内脏、切掉了脑袋的飞鱼。“鲯鳅煮熟了吃味道多鲜美啊，”他说，“生吃可难吃死了。以后不带盐或酸橙，我绝对不再乘船了。”

如果我有头脑，我会装一瓶海水放在船头上，等它干了就会有盐了，他想。不过话得说回来，我是直到太阳快落山时才钓到这条鲯鳅的。但毕竟是准备工作做得不足。然而我把它全细细咀嚼后吃下去了，没有恶心作呕。

东方天空中云越来越多，他认识的星星一颗颗地不见了。眼下仿佛他正驶进一个云彩的大峡谷，风已经停了。

“三四天内会有坏天气，”他说，“但是今晚和明天还不要紧。现在来安排一下，老家伙，睡它一会儿，趁这鱼正安静而稳定的时候。”

他把钓索紧握在右手里，然后拿大腿抵住了右手，把全身的重量压在船头的木板上。接着他把勒在肩上的钓索移下一点儿，用左手撑住了钓索。

只要钓索给撑紧了，我的右手就能握住它，他想。如果我睡着时它松了，朝外溜去，我的左手会把我弄醒的。这对右手是很苦的，但是它是吃惯了苦的。哪怕我能睡上二十分钟或者半个小时也是好的。他朝前用整个身子夹住钓索，把全身的重量放在右手上，于是他入睡了。

他没有梦见狮子，却梦见了一大群海豚，绵延八到十英里长，它们高高地跳到半空中，然后掉回到它们跳跃时在水里形成的水涡里。接着他梦见他在村子里，躺在自己的床上，正在刮北风，他感到很冷，他的右臂麻木了。

月亮升起有好久了，可他只顾睡着，鱼平稳地向前拖着船驶进云彩的峡谷里。

突然，他的右拳猛地朝他的脸撞去，钓索火辣辣地从他右手里溜出去，他惊醒过来了。他的左手失去了知觉，他就用右手拼命拉住了钓索，但它还是一个劲儿地朝外溜。他的左手终于抓住了钓索，他仰着身子把钓索朝后拉，这一来钓索就勒着他的背脊和左手，这左手承受了全部的拉力，给勒得刀割一样痛。他回头望望那些钓索卷，它们正在一圈圈地放出钓索。正在这时，鱼跳起来了，使海面迸裂开来，然后沉重地掉下去。接着它跳了一次又一次，船走得很快，然而钓索依旧飞也似的向外溜，老人一次次把它拉紧到就快绷断的程度。他被拉得紧靠在船头上，脸庞贴在那块切下的鲯鳅肉上，他没法动弹。我们等着的事情发生啦，他想。我们来对付它吧。

让它为了拖钓索付出代价吧，他想。让它为了这个付出代价吧。

他看不见鱼的跳跃，只听得见海面的迸裂声和鱼掉下时沉重的水花飞溅声。飞快地朝外溜的钓索把他的手勒得好痛，但是他一直知道这事迟早会发生，就设法让钓索勒在起老茧的部位，不让它滑到掌心或者勒在手指上。

如果那孩子在这儿，他会用水打湿这些钓索卷，他想。是啊。如果孩子在这儿。如果孩子在这儿。

钓索朝外溜着，溜着，溜着，不过这时越来越慢了，他正在让鱼每拖走一英寸都得付出代价。现在他从木船板上抬起头来，不再贴在那块被他脸颊压烂的鱼肉上了。然后他跪着，慢慢地站起身来。他还在放出钓索，然而越来越慢了。他把身子慢慢挪到可以用脚碰到那一卷卷他看不见的钓索的地方。钓索还有很多，现在这鱼不得不在水里拖着这许多摩擦力很大的新钓索了。

是啊，他想。到这时它已经跳了十几次，把沿着背脊的那些液囊装满了空气，所以没法沉到深水中，在那儿死去，使我没法把它捞上来。它不久就会转起圈子来，那时我一定要想法对付它。不知道它怎么会这么突然地跳起来的，肯定是饥饿使它不顾死活了，还是在夜间被什么东西吓着了？也许它突然感到害怕了。不过它是一条那样沉着、健壮的鱼，似乎是毫无畏惧而信心十足。这很奇怪。

“你最好自己也毫无畏惧而信心十足，老家伙，”他说，“你又把它控制住了，可是你没法收回钓索。不过它马上就得打转了。”

老人这时用他的左手和肩膀拽住了它，弯下身去，用右手舀水洗掉粘在脸上的压烂的鲯鳅肉。他怕这肉会使他恶心，弄得他呕吐，丧失力气。擦干净了脸后，他把右手在船舷外的水里洗洗，然后让它泡在这盐水里，一面注视着日出前的第一线曙光。它几乎是朝正东方走的，他想。这表明它疲乏了，随着潮流走。它马上就得打转了，那时我们才真正开始干啦。等他觉得把右手在水里泡的时间够长了，他把它拿出水来，朝它瞧着。

“情况不坏，”他说，“疼痛对一条汉子来说，算不上什么。”

他小心地攥着钓索，使它不致嵌进新勒破的任何一道伤痕，把身子挪到小船的另一边，这样他能把左手也伸进海里。

“你这没用的东西，总算干得还不坏，”他对他的左手说，“可是曾经有一会儿，我得不到你的帮助。”

为什么我不生下来就有两只好手呢？他想。也许是我自己的过错，没有好好地训练这只手，可是天知道它曾有过够多的学习机会。然而它今天夜里干得还不错，仅仅抽了一回筋。要是它再抽筋，就让这钓索把它勒断吧！

他想到这里，明白自己的头脑不怎么清醒了，他想起应该再吃一点鲯鳅。可是我不能，他对自己说。情愿头昏目眩，也不能因恶心呕吐而丧失力气。我还知道吃了胃里也搁不住，因为我的脸曾经压在它上面。我要把它留下以防万一，直到它腐臭了为止。不过要想靠营养来增强力气，如今已经太晚了。你真蠢，他对自己说。把另外那条飞鱼吃了吧。

它就在那儿，已经洗干净，就可以吃了，他就用左手把它捡起，吃起来，细细咀嚼着鱼骨，从头到尾全都吃了。

它几乎比什么鱼都更富有营养，他想。至少能给我所需要的那种力气。我如今已经做到了我能做到的一切，他想。让这鱼打起转来，就来交锋吧。

自从他出海以来，这是第三次出太阳，这时鱼打起转来了。

他根据钓索的斜度还看不出鱼在打转，这为时尚早。他仅仅感觉到钓索上的拉力微微减少了一些，就开始用右手轻轻往回拉。钓索像往常那样绷紧了，可是拉到快绷断的时候，却渐渐可以回收了。他把钓索从肩膀和头上卸下来，动手平稳而和缓地回收钓索。他用两只手大幅度地一把把拉着，尽量使出全身和双腿的力气来拉。他一把把地拉着，两条老迈的腿和肩膀跟着转动。

接着钓索就收不回来了。他紧紧地拉着，直到看见水珠在阳光里从钓索上迸出来。随后钓索又开始往外溜了。老人跪下来，老大不情愿地让它又渐渐回到深暗的水中。

“它正绕到圈子的对面去了。”他说。我一定要拼命拉紧，他想。拉紧了，它兜的圈子就会一次比一次小。也许一个小时内我就能见到它。我眼下一定要稳住它，过后我一定要弄死它。

但是这鱼只顾慢慢地打着转。两小时后，老人浑身汗湿，疲乏得快要散架了。不过这时圈子已经小得多了，而且根据钓索的斜度，他能看出鱼一边游一边在不断地上升。

老人看见眼前有些黑点，已经有一个小时了，汗水中的盐分沤着他的眼睛，沤着眼睛上方和脑门上的伤口。他不怕那些黑点。他这么紧张地拉着钓索，出现黑点是正常的现象。但是他已有两回感到头昏目眩，这叫他担心。

“我不能让自己垮下去，就这样死在一条鱼的手里，”他说，“既然我已经叫它乖乖地过来了，求上帝帮助我熬下去吧。”

就在这时，他觉得自己双手攥住的钓索突然被撞击、拉扯了一下。来势很猛，有一种强劲的感觉，很是沉重。

它正用它的长嘴撞击着铁丝导线，他想。这是免不了的，它不能不这样干。然而这一来也许会使它跳起来，我可是情愿它眼下继续打转的。它必须跳出水面来呼吸空气。但是每跳一次，钓钩造成的伤口就会裂得大一些，它可能把钓钩甩掉。“别跳，鱼啊，”他说，“别跳啦。”

鱼又撞击了好几次铁丝导线，它每次一甩头，老人就放出一些钓索。

我必须让它的疼痛老是在一处地方，他想。我的疼痛不要紧。我能控制。但是它的疼痛能使它发疯。

过了片刻，鱼不再撞击铁丝导线，又慢慢地打起转来。老人这时正不停地收进钓索，可是他又感到头晕了。他用左手舀了些海水，洒在脑袋上。然后他再洒了点，在脖颈上揉擦着。

“我没抽筋，”他说，“它马上就会冒出水来，我熬得住。你非熬下去不可。连提也别再提了吧。”

他靠着船头跪下，暂时又把钓索挎在背上。我眼下要趁它朝外兜圈子的时候歇一下，等它兜回来的时候再站起身来对付它，他这样下了决心。

他巴不得在船头上歇一下，让鱼自顾自兜一个圈子，并不回收一点钓索。但是等到钓索松动了一点，表明鱼已经转身在朝小船游回来，老人就站起身来，开始那种左右转动交替拉曳的动作，他的钓索全是这样收回来的。

我从来没有这样疲乏过，他想，而现在刮起信风来了。但是正好靠它来把这鱼弄上来。我多需要这风啊。

“等它下一趟朝外兜圈子的时候，我要歇一下。”他说。

“我觉得好过多了。再兜两三圈，我就能逮住它。”他的草帽被推到后脑勺上去了，他感到鱼在转身，随着钓索一扯，他在船头上一屁股坐下了。

你现在忙你的吧，鱼啊，他想。你转身时我再来对付你。海浪大了不少，不过这是晴天吹的微风，他得靠它才能回去。

“我只消朝西南航行就成，”他说，“人在海上是绝不会迷路的，何况这是个长长的岛屿。”

鱼兜到第三圈，冒出水面来，只有三十码远。老人看见它的尾巴露出在水面上。这尾巴比一把大镰刀的刀刃更长，是极淡的浅紫色，竖在深蓝色的海面上。它朝后倾斜着，鱼在水面下游的时候，老人看得见它庞大的身躯和周身的紫色条纹。它的脊鳍朝下耷拉着，巨大的胸鳍大张着。

这回鱼兜圈子回来时，老人看见它的眼睛和绕着它游的两条灰色的鲫鱼。它们有时候依附在它身上，有时候倏地游开去，有时候会在它的阴影里自在地游着。它们每条都有三英尺多长，游得快时全身猛烈地甩动着，像鳗鱼一般。

老人这时在冒汗，但不光是因为晒了太阳，还有别的原因。鱼每回沉着、平静地拐回来时，他总收回一点钓索，所以他确信再兜上两个圈子，就有机会把鱼叉扎进去了。

可是我必须把它拉得极近，极近，极近，他想。我千万不能扎它的脑袋。我该扎进它的心脏。

“要沉着，要有力，老头儿。”他说。

又兜了一圈，鱼的背脊露出来了，不过它离小船还是太远了一点。再兜了一圈，还是太远，但是它露在水面上比较高些了。老人深信，再收回一些钓索，就可以把它拉到船边来。

他早就把鱼叉准备停当，叉上的那卷细绳子给搁在一只圆筐内，一端紧系在船头的系缆柱上。

这时鱼正兜了一个圈子回来，既沉着又美丽，只有它的大尾巴在动。老人竭尽全力把它拉得近些。有那么一会儿，鱼的身子倾斜了一点儿。然后它竖直了身子，又兜起圈子来。

“我把它拉动了，”老人说，“我刚才把它拉动了。”

他又感到头晕，可是他竭尽全力拽住了那条大鱼。我把它拉动了，他想。也许这一回我能把它拉过来。拉呀，手啊，他想。站稳了，腿啊。为了我熬下去吧，头。为了我熬下去吧。你从没晕倒过。这一回我要把它拉过来。

但是，他在鱼还没来到船边，离得还很远时就使出全力拉着，那鱼却侧过一半身子，然后竖直了身子游开去。

“鱼啊，”老人说，“鱼，你反正是死定了。难道你非得把我也害死吗？”

照这样下去是会一事无成的，他想。他嘴里干得说不出话来，但是此刻他不能伸手去拿水来喝。我这一回必须把它拉到船边来，他想。它再多兜几圈，我就不行了。不，你行的，他对自己说。你永远行的。在兜下一圈时，他差一点把它拉了过来。可是这鱼又竖直了身子，慢慢地游走了。

你要把我害死啦，鱼啊，老人想。不过你有权利这样做。我从没见过比你更庞大、更美丽、更沉着或更崇高的东西，老弟。来，把我害死吧。我不在乎谁害死谁。

你现在头脑糊涂起来啦，他想。你必须保持头脑清醒。保持头脑清醒，要像个男子汉，懂得怎样忍受痛苦。或者像一条鱼那样，他想。

鱼又兜了两圈，还是老样子。

我弄不懂，老人想。每一回他都觉得自己快要垮了。我弄不懂，但我还要试一下。

他又试了一下，等他把鱼拉得转过来时，他感到自己要垮了。那鱼竖直了身子，又慢慢地游开去，大尾巴在海面上摇摆着。

我还要试一下，老人对自己许愿，尽管他的双手这时已经软弱无力，眼睛也不好使了。

他又试了一下，又是同样的情形。就这么着吧，他想，还没动手就感到要垮下来了，我还要再试一下。

他忍住了一切痛楚，拿出剩余的力气和丧失已久的自尊，用来对付这鱼的痛苦挣扎，鱼游了过来，在他身边斯文地游着，它的嘴几乎碰着了小船的船壳板，它开始在船边游过，身子又长，又高，又宽，银色肚皮上有着紫色条纹，在水里看来长得无穷无尽。

老人放下钓索，一脚踩住了，把鱼叉举得尽可能地高，使出全身的力气，加上他刚才鼓起的力气，把它朝下直扎进鱼身的一边，就在大胸鳍后面一点儿的地方，这胸鳍高高地竖立着，高度到达老人的胸膛。他感到那铁叉扎了进去，就把身子倚在上面，把它扎得更深一点，再用全身的重量把它压下去。

于是那鱼闹腾起来，尽管死到临头了，它仍从水中高高跳起，把它那惊人的长度和宽度、它的力量和美全都暴露无遗。它仿佛悬在空中，就在小船中老人的头顶上空。然后，它扑通一声掉在水里，浪花溅了老人一身，溅了一船。

老人感到头晕，恶心，看不大清楚东西。然而他放松了鱼叉上的绳子，让它从他划破了皮的双手之间慢慢地溜出去，等他的眼睛好使之后，他看见那鱼仰天躺着，银色的肚皮朝上。鱼叉的柄从鱼的肩部斜戳出来，海水被它心脏里流出的鲜血染红了。起先，这摊血黑魆魆的，如同这一英里多深的蓝色海水中的一块礁石。然后它像云彩般扩散开来。那鱼是银色的，一动不动地随着波浪浮动着。

老人用他偶尔看得清的眼睛仔细望着。接着他把鱼叉上的绳子在船头的系缆柱上绕了两圈，然后把脑袋搁在双手上。

"让我的头脑保持清醒吧，"他靠在船头的木板上说，"我是个疲乏的老头儿。可是我杀死了这条鱼，它是我的兄弟，现在我得去干辛苦的活儿了。"

现在我得准备好套索和绳子，把它绑在船边，他想。即使我这里有两个人，把船装满了水来把它拉上船，然后把水舀掉，这条小船也绝对容不下它。我得做好一切准备，然后把它拖过来，好好绑住，竖

起桅杆，张起帆驶回去。

他动手把鱼拖到船边，这样可以用一根绳子穿进它的鳃，从嘴里拉出来，把它的脑袋紧绑在船头边。我想看看它，他想，碰碰它，摸摸它。它是我的财产，他想。然而我想摸摸它倒不是为了这个。我以为刚才已经碰到了它的心脏，他想。那是在我第二次握着鱼叉的柄扎进去的时候。现在得把它拖过来，牢牢绑住，用一根套索拴住它的尾巴，另一根拴住它的腰部，把它绑牢在这小船上。

“动手干活吧，老头儿。”他说。他喝了很少的一口水。“战斗既然结束了，就有好多辛苦的活儿要干啦。”

他抬头望望天空，然后望望船外的鱼。他仔细望望太阳。晌午才刚过，他想。而信风刮起来了。这些钓索现在都用不着了。回家以后，那孩子和我要把它们捻接起来。

“过来吧，鱼。”他说。可是这鱼不过来，它反而在海面上翻滚着，老人只得把小船驶到它的身边。

等他跟它并拢了，并把鱼的头靠在船头边时，他简直无法相信它竟这么大。他从系缆柱上解下鱼叉柄上的绳子，穿进鱼鳃，从嘴里拉出来，在它那剑似的长上颚上绕了一圈，然后穿过另一个鱼鳃，在剑嘴上绕了一圈，把这两股绳子挽了个结，紧系在船头的系缆柱上。然后他割下一截绳子，走到船艄去套住鱼尾巴。鱼已经从原来的紫银两色变成了纯银色，条纹和尾巴显出淡紫色。这些条纹比一个人张开五指的手更宽，它的眼睛看上去冷漠得像潜望镜中的反射镜，或者迎神行列中的圣徒像。

“要杀死它只有用这个办法。”老人说。他喝了水，觉得好过些了，他知道自己不会垮，头脑很清醒。看样子它不止一千五百磅重，他想。

也许还要重得多。如果去掉了头尾和下脚，肉有三分之二的重量，照三角钱一磅计算，该是多少？

“我需要一支铅笔来计算，”他说，“我的头脑没有清醒到这个程度啊。不过，我想那了不起的迪马吉奥今天会替我感到骄傲。我没有长骨刺。可是双手和背脊实在痛得厉害。”不知道骨刺是什么玩意儿，他想。也许我们都长着它，只是自己不知道。

他把鱼紧系在船头、船艄和中央的座板上。它真大，简直像在船边绑上了另一只大得多的船。他割下一段钓索，把鱼的下颌和它的长嘴扎在一起，使它的嘴不能张开，船就可以尽可能干净利落地行驶了。然后他竖起桅杆，装上那根当手钩用的棍子和下桁，张起带补丁的帆，船开始移动，他半躺在船艄，向西南方驶去。

他不需要罗盘来告诉他西南方在哪里。他只消凭信风吹在身上的感觉和帆的动向就能知道。我还是放一根系着匀形假饵的细钓丝到水里去，钓些什么东西来吃吃吧，也可以润润嘴。可是他找不到假饵，他的沙丁鱼也都腐臭了。所以他趁船经过的时候用鱼钩钩上了一簇黄色的马尾藻，把它抖抖，使里面的小虾掉在小船船板上。老人用拇指和食指掐去它们的头，连壳带尾嚼着吃下去。它们很小，可是他知道它们富有营养，而且味道也好。

老人瓶中还有两口水，他吃了虾以后，喝了半口。考虑到这小船的不利条件，它行驶得已经算好了，他把舵柄夹在胳肢窝里，掌着舵。他看得见鱼，他只消看看自己的双手，感觉到背脊靠在船艄上，就能知道这是确实发生了的事，不是一场梦。有一个时期，眼看事情要告吹了，他感到非常难受，以为这也许是一场梦。等他后来看到鱼跃出水面，在落下前一动不动地悬在半空中的那一刹那，他确信这极不寻常，使他无法相信。

现在他知道这鱼就在这里，他的双手和背脊都不是梦中的东西。这双手很快就会痊愈的，他想。它们出血出得很多，海水会把它们治好的。这真正的海湾中的深暗的水是世上最佳的治疗剂。我只消保持头脑清醒就行。这两只手已经尽了自己的本分，我们航行得很好。鱼闭着嘴，尾巴直上直下地竖着。接着他的头脑又有点不清楚了，他竟然想起，是它在带我回家，还是我在带它回家呢？如果我把它拖在船后，那就毫无疑问了；如果这鱼丢尽了面子，给放在这小船上，那么也不会有什么疑问。可是他们是并排地拴在一起航行的，所以老人想，只要它高兴，让它把我带回家去得了。我不过是靠了诡计才比它强的，可它对我并无恶意。

他们航行得很好，老人把手浸在盐水里，努力保持头脑清醒。积云堆聚得很高，上空还有相当多的卷云，因此老人看出这风将刮上整整一夜。老人时常对鱼望望，好确定真有这么回事。这时候是第一条鲨鱼来袭击它的前一个小时。

这条鲨鱼的出现不是偶然的。当那一大片暗红的血朝一英里深的海里下沉并扩散的时候，它从水底深处上来了。它蹿上来得那么快，全然不顾一切，竟然冲破了蓝色的水面，来到了阳光里。接着它又掉回海里，嗅到了血腥气味的踪迹，就顺着小船和那鱼所走的路线游去。

这是条很大的灰鲭鲨，游得非常快，全身的一切都很美，除了它的嘴。它的进攻能力很强，牙齿尖利，几乎是所向无敌。它闻到了这新鲜的血腥气味，此刻正加快了速度，蓝色的脊鳍划破了水面。老人看见它游来，看出这是条毫无畏惧而为所欲为的鲨鱼。他准备好了鱼叉，系紧了绳子，一面注视着鲨鱼向前游来。绳子短了，缺了他割下用来绑鱼的那一截。老人此刻头脑清醒，正常，充满了决心，但并不抱多少希望。光景太好了，不可能持久的，他想。他注视着鲨鱼在逼近，抽空朝那条大鱼望上一眼。这简直等于是一场梦，他想。我没法阻止它来袭击我，但是也许我能弄死它。

鲨鱼飞速地逼近船艄，它袭击那鱼的时候，老人看见它张开了嘴，看见它那双奇异的眼睛，它咬住鱼尾巴上面一点儿的地方，牙齿咬得嘎吱嘎吱地响。鲨鱼的头露出在水面上，背部正在出水，老人听见那条大鱼的皮肉被撕裂的声音，这时候，他用鱼叉朝下猛地扎进鲨鱼的脑袋，正扎在它两眼之间的那条线和从鼻子笔直通到脑后的那条线的交叉点上。这两条线实际上是并不存在的，只有那沉重、尖锐的蓝色脑袋，两只大眼睛和那嘎吱作响、吞噬一切的突出的大嘴。可是那儿正是脑子的所在。老人直朝它扎去，他使出全身的力气，用糊着鲜血的双手，把一支好鱼叉向它扎去。他并不抱着希望，但是带着决心和十足的恶意。

鲨鱼翻了个身，老人看出它眼睛里已经没有生气了，接着它又翻了个身，缠上了两条绳子。老人知道这鲨鱼快死了，但它还是不肯认输。它这时肚皮朝上，尾巴扑打着，嘴巴嘎吱作响，像一条快艇般划破水面。它的尾巴把水拍打得泛出白色，四分之三的身体露出在水面上，这时绳子给绷紧了，抖了一下，啪地断了。鲨鱼在水面上静静地躺了片刻，老人紧盯着它，然后它慢慢地沉下去了。

“它吃掉了约莫四十磅肉。”老人说出声来。它把我的鱼叉也带走了，还有那么长一段绳子，他想，而且现在我这条鱼又在淌血了，其他鲨鱼也会来的。

他不忍心再朝这死鱼看上一眼，因为它已经被咬得残缺不全了。

鱼遭到袭击的时候，他感到就像自己遭到袭击一样。可是我杀死了这条袭击我的鱼的鲨鱼，他想。而它是我见到过的最大的尖齿鲨。天知道，我见过一些大的。

光景太好了，不可能持久的，他想。但愿这是一场梦，我根本没有钓到这条鱼，正独自躺在床上铺的旧报纸上。

“不过人不是为失败而生的，”他说，“一个人可以被毁灭，但不能被打败。”不过我很痛心，把这鱼给杀了，他想。现在倒霉的时刻要来了，可我连鱼叉也没有。这条尖齿鲨是残忍、能干、强壮而聪明的。但是我比它更聪明。也许并不，他想，也许我仅仅是武器比它强。

“别想啦，老家伙，”他说出声来，“顺着这航线行驶，事到临头再对付吧。”但是我一定要想，他想。因为我只剩下这个了。

“想点开心的事儿吧，老家伙，”他说，“每过一分钟，你就离家近了一步。丢了四十磅鱼肉，你航行起来更轻快了。”他很清楚，等他驶进了海流中间，会发生什么事。可是眼下一点办法也没有。

“不，有办法，”他说出声来，“我可以把刀子绑在一支桨的柄上。”

于是他胳肢窝里夹着舵柄，一只脚踩住了帆脚索，就这样办了。

“行了，”他说，“我照旧是个老头儿。不过我不是没有武器的了。”

这时风刮得更强劲些了，他顺利地航行着。他只顾盯着鱼的上半身，恢复了一点希望。

不抱希望才蠢哪，他想。再说，我认为这是一桩罪过。别想罪过了，他想。麻烦已经够多了，还想什么罪过。何况我根本不懂这个。

我根本不懂这个，也说不准我是不是相信。也许杀死这条鱼是一桩罪过。我看该是的，尽管我是为了养活自己并且给许多人吃才这样干的。不过话得说回来，什么事都是罪过啊。别想罪过了吧，现在想它也实在太迟了，而且有些人是拿了钱来干这个的，让他们去考虑吧。你天生是个渔夫，正如那鱼天生就是一条鱼一样。

但是他喜欢去想一切有关他的事，而且因为没有书报可看，又没有收音机，他就想得很多，只顾想着罪过。你不光是为了养活自己、把鱼卖了买食品才杀死它的，他想。你杀死它是为了自尊心，因为你是个渔夫。它活着的时候你爱它，它死了你还是爱它。如果你爱它，杀死它就不是罪过。或者也许是更大的罪过？

“你想得太多了，老家伙。”他说出声来。但是你很乐意杀死那条尖齿鲨，他想。它跟你一样，靠吃活鱼维持生命。它不是食腐动物，也不像有些鲨鱼那样，只知道游来游去满足食欲。它是美丽而崇高的，见什么都不怕。“我杀死它是为了自卫，”老人说出声来，“杀得也很利索。”

再说，他想，每样东西都杀死别的东西，不过方式不同罢了。捕鱼养活了我，同样也快把我害死了。那孩子使我活得下去，他想。我不能过分地欺骗自己。

他把身子探出船舷，从鱼身上被鲨鱼咬过的地方撕下一块肉。他咀嚼着，觉得肉质很好，味道鲜美。他知道在市场上能卖最高的价钱，可是没有办法让它的气味不散布到水里去，老人知道糟糕透顶的时刻就快来到了。

风持续地吹着，稍微转向东北方，他明白这表明它不会停息。老人朝前方望去，不见一丝帆影，也看不见任何一只船的船身或冒出来的烟，只有从他船头下跃起的飞鱼，向两边逃去，还有一摊摊黄色的马尾藻，他连一只鸟也看不见。他已经航行了两个小时，在船艄歇着，有时候从大马林鱼身上撕下一点肉来咀嚼着，努力休息，保持精力，这时他看到了两条鲨鱼中首先露面的那一条。

“加拉诺鲨。”他说出声来。他看见另一个鳍在第一个的背后冒出水来，根据这褐色的三角形鳍和甩来甩去的尾巴，认出它们正是铲鼻鲨。它们嗅到了血腥味，很兴奋，因为饿昏了头，它们激动得一会儿迷失了臭迹，一会儿又嗅到了。可是它们始终在逼近。

老人系紧帆脚索，卡住了舵柄，然后拿起上面绑着刀子的桨。他尽量轻地把它举起来，因为他那双手已经痛得不听使唤了。然后他把手张开，再轻轻捏住了桨，让双手松弛下来。他紧紧地把手合拢，让它们忍受着痛楚而不致缩回去，一面注视着逼近的鲨鱼。他这时看得见它们那又宽又扁的铲子形的头和尖端呈白色的宽阔的胸鳍。它们是可恶的鲨鱼，气味难闻，既杀害其他的鱼，也吃腐烂的死鱼，饥饿的时候，它们会咬船上的一把桨或者舵。就是这些鲨鱼，会趁海龟在水面上睡觉的时候咬掉它们的脚和鳍状肢，在饥饿的时候，也会在水里袭击人，即使这人身上并没有鱼血或黏液的腥味。

它们来啦。但是它们来的方式和那条灰鲭鲨不同。一条鲨鱼转了个身，钻到小船底下不见了，它用嘴拉扯着死鱼，老人觉得小船在晃动。另一条用它一条缝似的黄眼睛注视着老人，然后飞快地游来，半圆形的嘴大大地张开着，朝鱼身上被咬过的地方咬去。它褐色的头顶以及脑子跟脊髓相连处的背脊上有道清清楚楚的纹路。老人把绑在桨上的刀子朝那交叉点扎进去，拔出来，再扎进这鲨鱼的黄眼睛。鲨鱼放开了咬住的鱼，身子朝下沉，临死前还把咬下的肉吞了下去。

另一条鲨鱼还在啃咬那条鱼，弄得小船摇晃不止。老人就放松了帆脚索，让小船横过来，使鲨鱼从船底下暴露出来。他一看见鲨鱼，就从船舷上探出身子，一桨朝它戳去。他只戳在肉上，但鲨鱼的皮紧绷着，刀子几乎戳不进去。这一戳不仅震痛了他那双手，也震痛了他的肩膀。但是鲨鱼迅速地浮上来，露出了脑袋，老人趁它的鼻子伸出水面挨上那条鱼的时候，对准它扁平的脑袋正中扎去。老人拔出刀刃，朝同一地方又扎了一下。它依旧紧咬住鱼不放，老人一刀戳进它的左眼。鲨鱼还是吊在那里。

“还不够吗？”老人说着，把刀刃戳进它的脊骨和脑子之间。这下扎起来很容易，他感到它的软骨折断了。老人把桨倒过来，把刀刃插进鲨鱼的两颚之间，想把它的嘴撬开。他把刀刃一转，鲨鱼松了嘴溜开了，他说：“走吧，加拉诺鲨，溜到一英里深的水里去吧。去找你的朋友，或者你的妈妈吧。”

老人擦了擦刀刃，把桨放下。然后他摸到了帆脚索，张起帆来，使小船沿着原来的航线走。

“它们一定把这鱼吃掉了四分之一，而且都是上好的肉，”他说出声来，“但愿这是一场梦，我压根儿没有钓到它。我为这件事感到真抱歉，鱼啊。这把一切都搞糟啦。”他顿住了，此刻不想朝鱼望了。它流尽了血，被海水冲刷着，看上去像镜子背面镀的银色，身上的条纹依旧看得出来。“我原不该出海这么远的，鱼啊，”他说，“对你对我都不好。我很抱歉，鱼啊。”

“得了”，他对自己说，“去看看绑刀子的绳子有没有断，然后把你的手弄好，因为还有鲨鱼要来。”

“但愿有块石头可以磨磨刀，”老人检查了绑在桨柄上的刀子后说，“我原该带一块磨刀石来的。”你应该带来的东西多着哪，他想。但是你没有带来，老家伙啊。眼下可不是想你什么东西没有带的时候，想想你用手头现有的东西能做什么事吧。

“你给了我多少忠告啊，”他说出声来，“我听得烦死啦。”他把舵柄夹在胳肢窝里，双手浸在水里，小船朝前驶去。“天知道光是最后那条鲨鱼就咬掉了多少鱼肉，”他说，“这船现在可轻多了。”他不愿去想那鱼残缺不全的肚子。他知道鲨鱼每次猛地撞上去，总要撕去一点肉，还知道鱼此刻给所有的鲨鱼留下了一道臭迹，宽得像海面上的一条公路一样。

它是条大鱼，可以供一个人吃整整一个冬天，他想。别想这个啦。还是休息休息，把你的手弄弄好，保护这剩下的鱼肉吧。水里的血腥味这样浓，我手上的血腥味就算不上什么了。这双手上出的血也不多。给割破的地方都算不上什么，出血也许能使我的左手不再抽筋。

我现在还有什么事可想？他想。什么也没有。我必须什么也不想，等待下一条鲨鱼来。但愿这真是一场梦，他想。不过谁说得准呢？也许结果会是好的。

接着来的鲨鱼是条单独的铲鼻鲨。看它的来势，就像一头猪奔向饲料槽——如果猪能有这么大的嘴，你可以把脑袋伸进去的话。老人让它咬住了鱼，然后把桨上绑着的刀子扎进它的脑子。但是鲨鱼朝后猛地一扭，打了个滚，刀刃啪的一声断了。

老人坐定下来掌舵。他都不去看那条大鲨鱼在水里慢慢地下沉，它起先是那么大，然后渐渐小了，然后只剩一丁点儿了。这种情景总叫老人看得入迷，可是这会儿他看也不看一眼。

“我现在还有那把手钩，”他说，“不过它没什么用处。我还有两把桨和那个舵把和那根短棍。”

它们如今可把我打败了，他想。我太老了，不能用棍子打死鲨鱼了。但是只要我有桨和短棍和舵把，我就要试试。他又把双手浸在水里泡着。下午渐渐过去，快到傍晚了，他除了海洋和天空，什么也看不见。空中的风比刚才更大了，他指望不久就能看到陆地。

“你累乏了，老家伙，”他说，“你骨子里累乏了。”

直到快日落的时候，鲨鱼才再来袭击他。

老人看见两片褐色的鳍正顺着那鱼必然在水里留下的很宽的臭迹游来。它们竟然不用到处来回搜索这臭迹，笔直地并肩朝小船游来。

他停住了舵把，系紧帆脚索，伸手到船梢下去拿棍子。它原是个桨把，是从一支断桨上锯下的，大约两英尺半长。因为它上面有个把手，他只能用一只手有效地使用它，于是他就用右手好好儿攥住了它，弯着手按在上面，一面望着鲨鱼游过来。两条都是加拉诺鲨。

我必须让第一条鲨鱼好好咬住了再打它的鼻尖，或者直朝它头顶正中打去，他想。

两条鲨鱼一起紧逼过来，他一看到离他较近的那条张开嘴直咬进那鱼的银色胁腹，就高高举起棍子，重重地打下去，打在鲨鱼宽阔的头顶上。棍子落下去，他觉得好像打在坚韧的橡胶上。但他也感觉到坚硬的骨头，他就趁鲨鱼从那鱼身上朝下溜的时候，再重重地朝它鼻尖上打了一下。

另一条鲨鱼刚才窜来后就走了，这时又张大了嘴扑上来。它直撞在鱼身上，咬紧了嘴。老人看见一块块白色的鱼肉从它嘴角漏出来。他抡起棍子朝它打去，只打中了头部，鲨鱼朝他看看，把咬在嘴里的肉一口撕下了。老人趁它溜开去把肉咽下时，又抡起棍子朝它打下去，只打中了那厚实而坚韧的橡胶般的地方。

“来吧，加拉诺鲨，”老人说，“再过来吧。”

鲨鱼冲上前来，老人趁它合上两颚时又给了它一下。他结结实实

地打中了它，是把棍子举得尽量高才打下去的。这一回他感到打中了脑子后部的骨头，于是朝同一部位又是一下，鲨鱼呆滞地撕下嘴里咬着的鱼肉，从鱼身边溜下去了。

老人守望着，等它再来，可是两条鲨鱼都没有再露面。接着他看见其中的一条在海面上绕着圈游着，他没有看见另外一条的鳍。

我不能指望打死它们了，他想。我年轻力壮时能行。不过我已经把它们俩都打得受了重伤，它们中哪一条都不会觉得好过。要是我能用双手抡起一根棒球棒，我准能把第一条打死。即使现在也能行，他想。

他不愿朝那条鱼看。他知道它的半个身子已经被咬烂了。他刚才跟鲨鱼搏斗的时候，太阳已经落下去了。

“马上就要断黑了，”他说，“那时候我将看见哈瓦那的灯火。如果我往东走得太远了，我会看见一个新开辟的海滩上的灯光。”

我现在离陆地不会太远，他想。我希望没人为此担心。当然啦，只有那孩子会担心。可是我相信他一定有信心。好多老渔夫也会担心的，还有不少别的人，他想。我住在一个好镇子里啊。

他不能再跟这鱼说话了，因为它给糟蹋得太厉害了。接着他头脑里想起了一件事。

“半条鱼，”他说，“你原来是条完整的。我很抱歉，我出海太远了，我把你我都毁了。不过我们杀死了不少鲨鱼，你跟我一起，还打伤了好多条。你杀死过多少啊，好鱼？你头上长着那只长嘴，可不是白长的啊。”

他喜欢想到这条鱼，想到如果它在自由地游着，会怎样去对付一条鲨鱼。我应该砍下它这长嘴，拿来跟那些鲨鱼斗，他想。但是没有斧头，后来又弄丢了那把刀子。

但是，如果我把它砍下了，就能把它绑在桨柄上，该是多好的武器啊。这样，我们就能一起跟它们斗啦。要是它们夜里来，你该怎么办？你又有什么办法？

“跟它们斗，”他说，“我要跟它们斗到死。”

但是，在眼下的黑暗里，看不见天际的反光，也看不见灯火，只有风和那稳定地拉曳着的帆，他感到说不定自己已经死了。他合上双手，摸摸掌心。这双手没有死，他只消把它们开合一下，就能感到生之痛楚。他把背脊靠在船艄上，知道自己没有死。这是他的肩膀告诉他的。

他躺在船艄掌着舵，注视着天空，等着天际的反光出现。我还有半条鱼，他想。也许我运气好，能把前半条带回去。我总该多少有点运气吧。不，他说。你出海太远了，把好运给冲掉啦。

“别傻了，”他说出声来，“保持清醒，掌好舵。你也许还有很大的好运呢。”

“要是有什么地方卖好运，我倒想买一些。”他说。我能拿什么来买呢？他问自己。能用一支弄丢了的鱼叉、一把折断的刀子和两只受了伤的手吗？

“也许能，”他说，“你曾想拿在海上的八十四天来买它，人家也几乎把它卖给了你。”

我不能胡思乱想，他想。好运这玩意儿，来的时候有许多不同的方式，谁认得出啊？可是不管什么样的好运，我都要一点，要多少钱就给多少。但愿我能看到灯火的反光，他想。我的愿望太多了。但眼下的愿望就只有这个。他竭力坐得舒服些，好好掌舵，因为感到疼痛，知道自己并没有死。

大约夜里十点的时候，他看见了城市的灯火映在天际的反光。起初只能依稀看出，就像月亮升起前天上的微光，然后越来越清楚了。就在此刻正被越来越大的风刮得波涛汹涌的海洋的另一边。他驶进了这反光的圈子，他想，要不了多久就能驶到湾流的边缘了。

现在事情过去了，他想。它们也许还会再来袭击我，不过，一个人在黑夜里，没有武器，怎样能对付它们呢？他这时身子僵硬、疼痛，在夜晚的寒气里，他的伤口和身上所有用力过度的地方都很疼痛。我希望不必再斗了，他想。我真希望不必再斗了。

但是到了午夜，他又开始搏斗了，而这一回他明白搏斗也是徒劳。它们是成群袭来的，朝那鱼直扑，他只看见它们的鳍在水面上划出的一道道线，还有它们的磷光。他朝它们的头打去，听到嘴巴咬合的声音，还有它们在船底下咬住了鱼使船摇晃的声音。他看不清目标，只能感觉到，听到，就不顾死活地挥棍打去，他感到什么东西攫住了棍子，它就此丢了。

他把舵柄从舵上猛地扭下，用它又打又砍，双手攥住了一次次朝下戳去。可是它们此刻都在前面船头边，一条接一条地蹿上来，成群地一起来，咬下一块块鱼肉，当它们转身再来时，这些鱼肉在水面下发亮。

最后，有条鲨鱼朝鱼头冲来，他知道这下子可完了。他把舵柄朝鲨鱼的脑袋抡去，打在它咬住厚实的鱼头的嘴上，那儿的肉咬不下来。他抡了一次又一次。他听见舵柄断了，就把断下的把手向鲨鱼扎去。他感到它扎了进去，知道它很尖利，就再把它扎进去。鲨鱼松了嘴，一翻身就走了。这是前来的这群鲨鱼中最后的一条。它们再也没有什么可吃的了。

老人这时简直喘不过气来，觉得嘴里有股怪味。这味道带着腥气，甜丝丝的，他一时害怕起来。但是这味道并不太浓。

他朝海里啐了一口说："把它吃了，加拉诺鲨。做个梦吧，梦见你杀了一个人。"

他明白他如今终于给打败了，没法补救了，就回到船艄，发现舵柄那锯齿形的断头还可以安在舵的狭槽里，让他用来掌舵。他把麻袋在肩头围好，使小船沿着航线驶去。航行得很轻松，他什么念头都没有，什么感觉也没有。他此刻超脱了这一切，只顾尽可能出色而明智地把小船驶回他家乡的港口。夜里还有些鲨鱼来咬这死鱼的残骸。老人不去理睬它们，除了掌舵以外他什么都不理睬。他只留意到船舷边没有什么沉重的东西，小船这时驶起来多么轻松，多么出色。

船还是好好的，他想。它是完好的，没受一点损伤，除了那个舵把。那是容易更换的。

他感觉到已经在湾流中行驶，看得见沿岸那些海滨住宅区的灯光了。他知道此刻到了什么地方，回家是不在话下了。

等他驶进小港，露台饭店的灯光全熄灭了，他知道人们都上床了。海风一步步加强，此刻刮得很猛了。然而港湾里静悄悄的，他直驶到岩石下一小片卵石滩前。没人来帮他的忙，他只好尽自己的力量把船划得紧靠岸边。然后他跨出船来，把它系在一块岩石上。

他拔下桅杆，把帆卷起，系住，然后他扛起桅杆往岸上爬。这时候他才明白自己疲乏到什么程度。他停了一会儿，回头一望，在街灯的反光中，看见那鱼的大尾巴直竖在小船船艄后边。他看清它赤裸的脊骨像一条白线，看清那带着突出的长嘴的黑乎乎的脑袋，而在这头尾之间却一无所有。

他再往上爬，到了顶上，摔倒在地，躺了一会儿，桅杆还是横在肩上。

他设法爬起身来，可是太困难了，他就扛着桅杆坐在那儿，望着大路。一只猫从路对面走过，去干它自己的事，老人注视着它。然后他只顾望着大路。

后来，他放下桅杆，站起身来，再举起桅杆，扛在肩上，顺着大路走去。他不得不坐下歇了五次，才走到他的窝棚。

进了窝棚，他把桅杆靠在墙上。他摸黑找到一只水瓶，喝了一口水，然后他在床上躺下了。他拉起毯子，盖住两肩，然后裹住了背部和双腿，他脸朝下躺在报纸上，两臂伸得笔直，手掌向上。

早上，孩子朝门内张望，他正熟睡着。风刮得正猛，那些漂网渔船不会出海了，所以孩子睡了个懒觉，跟每天早上一样，起身后就到老人的窝棚来。孩子看见老人在喘气，接着看见老人的那双手，就哭起来了。他悄无声息地走出来，去拿点咖啡，一路上边走边哭。

许多渔夫围着那条小船，看着绑在船旁的东西，有一名渔夫卷起了裤腿站在水里，用一根钓索在量那死鱼的残骸。

孩子并不走下去。他刚才去过了，其中有个渔夫正在替他看管这条小船。

“他怎么啦？”一名渔夫大声叫道。

“在睡觉，”孩子喊着说，他不在乎人家看见他在哭，“谁都别去打扰他。”

“它从鼻子到尾巴有十八英尺长。”那量鱼的渔夫叫道。

“我相信。”孩子说。

他走进露台饭店，去要一罐咖啡。

“要烫的，多加些牛奶和糖在里头。”

“还要什么？”

“不要了。过后我再看他想吃些什么。”

“多大的鱼呀，”饭店老板说，“从来没有见过这样的鱼。你想喝点什么吗？”

“不要，”孩子说，“叫他们别去打扰圣地亚哥。我就回来。”

“跟他说我多么难过。”

“谢谢。”孩子说。

孩子拿着那罐热咖啡直走到老人的窝棚，在他身边坐下，等他醒来。有一回眼看他快醒过来了，可是他又沉睡过去，孩子就跨过大路去借些木柴来热咖啡。

老人终于醒了。

“别坐起来，”孩子说，“把这个喝了。”他倒了些咖啡在一只玻璃杯里。

老人把它接过去喝了。

“它们把我打败了，马诺林，”他说，“它们确实把我打败了。”

“它没有打败你，那条鱼可没有。”

“对。可后来我吃败仗了。”

“佩德里科在看守小船和打鱼的家什。你打算把那鱼头怎么着？”

“让佩德里科把它切碎了，放在捕鱼机里使用。”

“那张长嘴呢？”

“你要你就拿去。”

“我要，”孩子说，“现在我们得来商量一下别的事情。”

“他们来找过我吗？”

“当然啦，派出了海岸警卫队和飞机。”

“海洋非常大，小船很小，不容易看见。”老人说。他感到多么愉快，可以对一个人说话，不再只是自言自语，对着海说话了。“我很想念你，”他说，“你们捉到了什么？”

“头一天一条，第二天一条，第三天两条。”

“好极了。”

“现在我们又可以一起钓鱼了。”

“不。我运气不好，我再不会交好运了。”

“去它的好运，”孩子说，“我会带来好运的。”

“你家里人会怎么说呢？”

“我不在乎。我昨天逮住了两条。不过我们现在要一起钓鱼，因为我还有好多东西要学。”

“我们得弄一支能扎死鱼的好长矛，经常放在船上。你可以用一辆旧福特牌汽车上的钢板做矛头。我们可以拿去磨，应该把它磨得很锋利，不要回火锻造，否则它会断裂。我的刀子断了。”

“我去弄把刀子来，把钢板也磨快。这大风要刮多少天？”

“也许三天，也许还不止。”

“我要把什么都安排好，”孩子说，“你把你的手养好，老大爷。”

“我知道怎样保养它们。夜里，我吐出了一些奇怪的东西，感到胸膛里有什么东西碎了。”

“把这个也养养好，”孩子说，“躺下吧，老大爷，我去给你拿干净衬衫来，再带点吃的来。”

“我不在这儿的时候的报纸，你也随便带一份来。”老人说。

“你得赶快好起来，因为我还有好多东西要学，你可以把什么都教给我。你吃了多少苦？”

“可不少啊。”老人说。

“我去把吃的东西和报纸拿来，”孩子说，“好好休息吧，老大爷。我到药房去给你的手弄点药来。”

孩子出了门，顺着那磨损的珊瑚石路走去，他又在哭了。

那天下午，露台饭店来了一群旅游者，有个女人朝下面的海水望去，看见在一些空酒瓶和死梭子鱼之间，有一条又粗又长的白色脊骨，一端有条巨大的尾巴，当东风在港外不断地掀起大浪的时候，这尾巴随着潮水起伏摇摆。

“那是什么？”她问一名侍者，指着那条大鱼的长长的脊骨，它如今仅仅是垃圾，只等潮水来把它带走了。

“鲨鱼。”侍者说，他本打算解释这事情的经过。

“我不知道鲨鱼有这样漂亮的尾巴，形状这样优美。”

“我也不知道。”她的男伴说。

在大路另一头老人的窝棚里，他又睡着了。他依旧脸朝下躺着，孩子坐在他的身边，守着他。老人正梦见狮子。